Irmgard Stachelhaus . Plaudereien aus der Wörterdose

Irmgard Stachelhaus

1929 in Rösrath geboren, erlernte zunächst den Beruf der Handwe-
berin, später den der Chemielaborantin. Aus der Spannung zwischen Wunsch und Notwendigkeit resultierte dann nach Jahren der
Arbeit im Technischen Bereich die Rückkehr zum Textilen – nun
aber zum Bildweben, zu ihrer ganz eigenen künstlerischen Aussage,
der freien Komposition von Tapisserien. Später kam Malerei dazu.
Beides konnte sie, seit 1979 freiberuflich tätig, in zahlreichen Einzel
– und Gruppenausstellungen zeigen.

Parallel dazu, jedoch nicht aufeinander bezogen, entstanden und
entstehen Gedichte und meditative Texte, sowie auch die hier vor-
gestellten Geschichten.

Weitere Veröffentlichungen:

GESUNGEN GEGEN DIE NACHT Psalmmeditationen
Bernardus Verlag Langwaden 1999

MANTEL AUS WIND Unterwegsgedanken
Edition Isele, Eggingen 2001

DU GOTT KREISENDEN UM EINE MITTE Meditationen
Verlag Tredition GmbH Hamburg 2016

Impressum
© Irmgard Stachelhaus 2016
Verlag Tredition GmbH Hamburg

Paperback ISBN 978-3-7345-5164-2
Hardcover ISBN 978-3-7345-5165-9

-

Irmgard Stachelhaus

Plaudereien
aus der Wörterdose

100 kreative Geschichten

Vorwort

Eine Dose mit Deckel, ein Aufbewahrungsort für die verschiedensten Dinge, für buntes Allerlei, für Naschereien vielleicht, oder eben auch für Wörter. Damit fing es an. Schreiben, etwas auf dem Papier erzählen, wenn es denn als Förderung der Kreativität gedacht wird, ist eine Herausforderung, die am ehesten mit einer Aufgabenstellung gelingt; also mit einer Vorgabe als Gerüst, mit einem Angebot an Begriffen oder Wörtern. So begann ich zu sammeln, jedes einzelne Wort – ein Substantiv – das mir einfiel, auf einen Notizzettel zu schreiben und jeden Zettel mit der Schrift nach innen ganz klein zu falten. Dieses Los, das ich irgendwann ja ziehen würde, wanderte in die Dose, in meine Wörterdose. Sobald sie gefüllt war, und man konnte den Inhalt durch Schütteln ja gehörig durcheinander bringen, begann die Arbeit, besser gesagt, das Abenteuer des Schreibens. Nach den ersten Versuchen stellte sich heraus, dass vier Wörter als Vorgabe das rechte Maß war. Vier Wörter also, gleichsam vier Lose, und jedes Los war ein Gewinn; ja, Nieten waren nicht zu befürchten. Aber, da die Wörter in den seltensten Fällen auch nur annähernd zueinander passten, zunächst keine Gedankenverbindung ergaben, war und ist es nicht einfach, einen Anfang zu finden, einen Faden zu spinnen, der weiterführt. Dabei war es selbstverständlich, dass es einen Umtausch oder Austausch nicht geben würde. Es wäre Selbstbetrug. Denn Kreativität wächst am Widerstand, und mit diesen Hürden gilt es sich zusammen zu raufen. Das geschieht aber überraschenderweise wie von selbst, und mit jeder Geschichte mehr und deutlicher. Wächst doch mit jeder Erfahrung des Gelingens auch das Vertrauen, dass da ungeahnte Vorräte sind. Die nur darauf warten abgerufen zu werden. So betrachtet ist das menschliche Gehirn ein verlässliches Spinnrad und die Ressourcen liegen nicht nur bereit, sie wachsen, je mehr sich die Spindel dreht.

Dabei sind die Fäden, die es zustande bringt, nicht zuletzt aus Freude gemacht.

Für mich Grund und Anreiz genug, diese Gespinste weiterzureichen. Weiterzureichen einmal und zunächst als vergnügliche Lektüre. Aber auch als Impuls, vielleicht in ein Wunschdenken eines Einzelnen, das dadurch in Bewegung gerät. Und natürlich ebenso als Anregung für eine Gruppe. Wobei dann die gleiche Vorgabe von Wörtern verschiedenste Ergebnisse hervorbringt. Und damit ist der Spaß des Vergleichens gegeben, aber nicht nur, auch Neugier und Motivation für den nächsten Anlauf. Ist es doch immer der Anfang, der weiterführt in einen anderen, den nächsten Anfang.

So schicke ich diese Geschichten, Miniaturen, dem Alltag abgelauscht, auf die Reise, winke fröhlich hinterher mit dem Taschentuch, mit dem Wunsch, dass sie ankommen – dort oder dort, irgendwo...Bei ihnen, liebe Leserin, lieber Leser.

Vorgabe:
Knitter; Seidenband; Faltenrock; Schatten

So war das also, dieser Spiegel war unbestechlich, mal war es schrecklich, mal war es schön, was sie da sah. Es musste wohl an ihr selbst liegen. Inga stand mit ihrem geliebten Hut davor; die breite Krempe warf Schatten über ihr Gesicht. So fand sie es fast schön, jedenfalls akzeptabel. Und sie wusste es plötzlich: Knitter, das war etwas ganz anderes als Falten. Hatte sie nicht schon manchmal gesagt, dass sie ganz zerknittert sei? Das war immer dann gewesen, wenn man sie in eine bestimmte Form pressen wollte, die nicht zu ihr passte. Falten dagegen, das hatte etwas mit Ordnung zu tun. Sie sah herunter auf ihren Faltenrock und fand, das sei ganz klar, dachte an die Wäsche, die man mit Sorgfalt faltete.

Aber wie war das mit den Falten in ihrem Gesicht, die jetzt so wohltuend vom Schatten des Hutes bedeckt waren? Ein Gesicht, das war die Geographie der Gefühle. Da gab es Einschnitte, Eingrabungen, Täler und Höhen, die das Leben eingraviert hatte. Und nicht alle Täler waren dunkel und schrecklich. Manche hatte das Lachen so nach und nach gegraben. Ja, Lachen! Verschmitzt hob Inga die Krempe des Hutes ein wenig an und fand, das rosa Seidenband passe doch wirklich, das nun ein bisschen hervor sah. Rosa, das war die Farbe der Kindheit, die sie immer geliebt hatte.

Und das war nun die Hauptsache, dass es dieses Kind in ihr immer noch gab.

Vorgabe:
Luftballon; Briefumschlag; Vergangenheit; Kante.

So aufgeblasen, dem müsste man mal die Luft herauslassen. Der alte Peterson saß auf der Bank, sein geliebter, stiller Platz hoch über der Stadt, über all ihrem quirligen Tun. Seine Gedanken gingen hin und her. Da war der aufgeblasene Nachbar, zu dem man keinen Kontakt bekam. Und da weit, weit in der Vergangenheit dieses Mädchen, das er nicht vergessen hatte, nicht vergessen konnte. Er sah sich immer noch als den scheuen Jungen, der es nicht fertig gebracht hatte, sie anzusprechen. Aber der Wunsch war mit ihm gegangen, ein Leben lang, durch alle Einsamkeiten hindurch.

Seine Hände zitterten, der rote Luftballon, an den er den kleinen Briefumschlag gebunden hatte, diese weiße Hülle, der er seine tiefsten Wünsche anvertraut hatte um sie auf die Reise zu schicken, er zog an der Schnur, wollte steigen. Ein kleiner Windstoß, eine scharfe Kante – und es war geschehen. Mit einem Zischen entwich die Luft.

Aber das durfte nicht das Ende sein. Der kleine Brief wanderte in die Tasche. Im nahen Papierkorb leuchtete es rot, als er sich erhob und zurücksah. Vielleicht würde er bei seinem nächsten Versuch einen himmelblauen Ballon aufblasen und mit seinem Atem auf die Reise schicken. Peterson fand, dafür war es nie zu spät.

Vorgabe:
Laub; Sonne; Cafe; Sicherheit.

Herbst – schon wieder Herbst. Susanne sagt es mit einem Seufzer. Sie hat sich mit Tante Sophia im Café in der Fußgängerzone verabredet. Natürlich hängen daran gewisse Hoffnungen; Tante Sophia hat Geld. Sie ist ganz Dame, immer teuer gekleidet, man kann es also sehen, ihr Geld. Manchmal ist sie großzügig, bestimmt wird sie auch diesmal die Zeche bezahlen. „Ach, da bist du ja schon" die Tante staunt, mit eiligen Schritten geht sie auf Susanne zu und dirigiert gleich ihr Programm: „Jetzt suchen wir uns mal erst einen schönen Platz, möglichst am Fenster. Und dann natürlich etwas Gutes für Leib und Magen. Ich erinnere, deine Leib – und Magenspeise ist irgendetwas mit Schokolade. Also Kakao und?" Susanne flüstert es hinterher: „Trüffeltorte:" Die Bestellung wird aufgegeben, Tante Sophia entscheidet sich weit sparsamer; sie ist recht füllig, da braucht es keine Erklärung.

An das Café grenzt ein Garten. Ein paar alte Bäume sind schon ganz gelb und ocker gefärbt. Das Laub hängt locker, wie am letzten Fädchen und beginnt zu fallen. Nun kommt auch die Sonne hervor und beleuchtet dieses Farbenspiel. Susanne ist ganz überrascht, wie toll das aussieht. Nun gefällt er ihr sogar, der Herbst. Sie erzählt Tante Sophia von ihren Malversuchen. „Weißt du" sagt sie „das möchte ich gleich ausprobieren, ob ich solche Bäume malen kann. Aber ich habe nicht solche Farben, die müsste ich mir erst kaufen." Die Tante ist ganz begeistert von Susannes vernünftiger Beschäftigung und schlägt vor, gleich nachher in das spezielle Geschäft zu gehen, wo es mit Sicherheit solche Farben gibt. Susanne strahlt. Und tatsächlich, es gibt sie, diese Farben und noch viel mehr. Mit einer Tüte in der Hand, wo alles drinsteckt, was der Herbst ihr vorgemalt hat, verabschiedet sie sich, sagt: „Danke für so viel," sagt es nochmals. Sie hat ihr Wunschziel wieder einmal erreicht.

Vorgabe:
Fülle; Baum; Morgenrot; Rutschbahn.

Ein Blick aus dem Fenster, das ist immer das erste am Morgen nach dem Aufstehen. Auch heute steht Klara vor der etwas beschlagenen Scheibe, und sie ahnt es schon, es ist plötzlich kalt geworden. Der Winter meldet sich also an, zum Glück noch nicht in Weiß. Aber das Grau ist auch nicht viel besser. Und da steht er ja, wie immer, ihr Freund, der Baum. Dieser Verwandlungskünstler, zu jeder Jahreszeit präsentiert er sich anders – nun als kahler Riese. Das dunkle Geäst steht wie ein kunstvoller Scherenschnitt vor dem noch sparsamen winterlichen Licht und lässt jetzt auch das Morgenrot hindurch wie eine Verheißung. Klara genießt es ihm zuzuschauen, wie er schweigend dasteht, wie er wartet. Er muss sich nicht beeilen, wieso auch, er weiß es doch. Längst bereitet sich alles im Geheimen, von der Wurzel bis in die Spitze des letzten Zweiges. Der Frühling wird kommen.

Und das ist ein Erlebnis, jedes Jahr wieder neu, wenn die Knospen schwellen, die Blätter sprießen und sich ausbreiten zu einer gewaltigen Fülle, zu einem grünen Haus – zu einem Konzerthaus, denn die Vögel belegen es sofort wie ihr Eigentum und zwitschern um die Wette. Und noch etwas Gutes hat diese grüne Krone. Sie verdeckt, oder besser gesagt, sie versteckt die Rutschbahn, dieses unschöne, bunte Kunststoffungetüm und verschluckt den Kinderlärm wie ein gewaltiger Filter, lässt ihn fast verstummen.

Dieser Baum ist ihr guter Nachbar, ihr Gefährte und Beschützer. Wenn sie es ihm doch nur sagen könnte.

Vorgabe:
Brückengeländer; Reagenzglas; Luftschloss; Kontrolle.

Beide Hände auf dem Brückengeländer beuge ich mich ein wenig vor, sehe in die Tiefe. Unter mir, tief unter mir die zwei Bänder der Autobahn, auf denen sich viele kleine Punkte rasend schnell bewegen, und die damit selber zu rasen scheinen. Alles fließt, ist ein mächtiges, unaufhörliches Rauschen.

Und hoch darüber, die Füße fest auf dem Boden, baue ich mein Luftschloss, fahre mit. Wohin? Ins Blaue! Meine Gedankenbilder wechseln wie die Landschaft. Mal bin ich hier, mal dort; die sonst übliche Kontrolle hat sich längst verabschiedet, bleibt zurück. Bei der Ankunft wird sie mich dann wieder in die Arme nehmen, wie der Vater den verlorenen Sohn.

Dieser Ausstieg aus dem Hier und Jetzt ist wie ein Miniversuch im Reagenzglas, zwei ganz unterschiedliche Substanzen und scheinbare Gegensätze zusammen zu bringen: Das Wegwollen und das Bleiben, die Nähe und die Weite, das Rechts und das Links. Dabei entsteht wohl ein Drittes. Ich glaube, es kristallisiert sich schon und der Bodensatz, ja, den muss ich dann noch analysieren.

Vorgabe:
Erbschaft; Honigkuchen; Gebrauchsanweisung; Kindergarten.

Das war nun ein schlimmer Tag für Lena. Ab heute sollte sie immer in den Kindergarten gehen. Immer, immer – sie weinte, wenn davon gesprochen wurde. Manchmal schrie sie auch wütend. Letzte Woche hatte sie Geburtstag gehabt und da lag unter vielen kleinen Geschenken auch ein Umhängetäschchen auf dem Geburtstagstisch. „Das ist für den Kindergarten, nun freu dich doch!" hatte die Mutter gesagt.

Heute nun war es soweit. Die kleine Hand fest in der Hand der Mutter versuchte sich loszureißen, zerrte daran. Auch die Beine waren bockig, stampften wütend auf der Stelle. Aber es half nichts, die Großen waren ja immer stärker. Mit diesem Widerstand endlich angekommen, musste man sich erst mal durch einen Garten hindurchwinden. Rechts, dann wieder links, dann ein kleiner Teich, ein Rosenbeet, eine Baumgruppe. Wo war denn hier eigentlich die Eingangstüre? Man brauchte wirklich für diesen Zugang eine Gebrauchsanweisung. Das Gebäude war ja eine Erbschaft gewesen und der neue Besitzer benötigte wohl noch etwas Zeit, bis es in allen Bereichen ein Kindergarten wurde. Lena störte das aber gar nicht, sie war inzwischen neugierig geworden und tröstete sich schon mal mit einem Stückchen Honigkuchen, den ihr die Mutter in ihr neues Täschchen gepackt hatte. „Das ist für die Pause" hatte sie gesagt. Welche Pause, überlegte Lena, musste man denn im Kindergarten arbeiten?

Vorgabe:
Badeanzug; Liebeskummer; Fotoalbum; Gruselgeschichte.

Ja, das machte sie jetzt im Älterwerden manchmal und wie ihr schien, immer lieber, damit ihr die Zeit nicht ganz davon lief. Sie holte sie sogar damit zurück und nannte das, wie zur Rechtfertigung vor sich selbst – ihr Fotostündchen. Irgendwann hatte sie beim Aufräumen das alte Fotoalbum ausgegraben und verwundert, weil vergessen, auf der ersten Seite die Widmung gelesen: „Für Else in dankbarer Erinnerung." Ach ja, ihre allererste Liebe. Und dann der Krieg und das traurige Ende. Aber diese Widmung war jetzt der Beginn ihrer interessanten Reise in die Vergangenheit. Was kam da alles auf sie zu. Ganz neu und verkleidet von den Erfahrungen, die das Leben schrieb, die man annehmen musste, wie vom Schicksal verordnet. Eine köstliche Rückschau war das, und jetzt ja völlig harmlos, weil alles überstanden und erledigt war.

Und wie sie damals ausgesehen hatte, natürlich um einiges schlanker und mit diesem komischen Badeanzug. Der hatte unten am Abschluss noch ein verschämtes Schößchen gehabt – eine andere Zeit, über die man heute lachte. Bald danach kam dann die Sache mit dem Liebeskummer, der sie fast krank gemacht hatte. Von weitem konnte sie das jetzt nicht mehr nachvollziehen. Tränen um jemanden, der es nicht verdient hatte. Das war schon fast eine Gruselgeschichte, was dieser Mensch versucht hatte aus ihr zu machen. Zum Glück hatte sie es früh genug gemerkt, aber es hatte weh getan. Davon gab es auch keine Fotos mehr, die hatte sie bald zerrissen. Auch das war Schmerz. Bis dann der Richtige kam und alles gut wurde. Im Schrank war doch noch die kleine Pappschachtel mit den Fotos von ihrer letzten Reise. Die hatte sie nicht etwa vergessen, nur aufgeschoben im ersten Schmerz des Alleinseins. Jetzt würde sie sie einkleben – würdig, auf den letzten Seiten dieses Albums.

Vorgabe:
Lochmuster; Blumenerde; Bohnerwachs; Pflichtteil.

Das war doch nun die Höhe! Was hatte er sich denn dabei wieder gedacht? Dieser Bengel wurde immer bequemer, immer fauler; und nun war er einfach verschwunden. Frau Bartel lag auf den Knien, die Hände mit Bohnerwachs beschmiert erhob sie sich mühsam, sah um sich, wie viel sie noch zu wischen und zu wachsen hatte und warf den Lappen wütend auf den Boden. Sie dachte nach. Wie oft hatte man ihr schon wohlmeinend gesagt, sie könne doch das Parkett versiegeln lassen. Natürlich wusste sie das selber, dass sie es dann einfacher hätte. Warum also diese Mühe? Sie atmete tief ein, wie gut das wieder roch! Diesen Geruch mochte sie schon als Kind so gern. So roch es, wenn alles wirklich porentief sauber war. Erst die Stahlspäne und dann das Bohnerwachs.

Sich umdrehend sah sie es erst jetzt richtig, was ihr Sohn angerichtet hatte. Die Blumenerde, die er besorgen sollte, hatte er auf den frisch gewachsten Boden mitten ins Zimmer gestellt – oder etwa geworfen? Jedenfalls war der Sack an einer Stelle geplatzt, und das war nun eine schöne Bescherung. Was hatte er sich bloß dabei gedacht? Sicherlich gar nichts wie so oft. Oder, dass sie die Blumen im Wohnzimmer umtopfte, vielleicht sogar auf dem Teppich?

In solchen Momenten war sie den Tränen nahe. Was sollte einmal aus ihrem schönen Haus werden, wenn der, dem es einmal gehören würde, so achtlos mit allem umging. Ihn enterben, das wäre eine Antwort, wo er mit dem Pflichtteil auch nicht ganz leer ausgine. Das Testament konnte sie jederzeit ändern. Es war schwer, manchmal zu schwer, was sie zu entscheiden hatte. Das Leben strickte sein Lochmuster, durch das der Wind pfiff, ohne zu fragen.

Vorgabe:
Riegel; Bilderbuch; Vielfraß; Verantwortung.

Wenn einer eine Reise tut, dann kann er was erzählen. Man steigt, am Ziel angekommen, aus und nimmt nicht nur sein Gepäck mit. Da ist meistens auch gewichtlos Gewichtiges, was sich im Kopf eingenistet hat und dort eine Weile für Gedankenbelebung sorgt: je nach Erlebnis für Vergnügen, das man ja gerne noch bei sich behält – oder aber für Unmut, der einen verstört.

Ich sitze also im Zug, habe eine mehrstündige Fahrt vor mir. Vorsorglich habe ich mir das neue Bilderbuch eingesteckt; auf dem Klappentext heißt es ja: nicht nur für Kinder. Da ich die Strecke kenne, inzwischen schon etwas langweilig finde, wäre der Fensterplatz entbehrlich gewesen. Aber da gibt es ja noch andere Fahrgäste, also auch eine andere Blickrichtung: Auge in Auge, oder aneinander vorbei. Das sagt sich so leicht. Wenn man aber direkt gegenüber ein massives Fleischpaket vor sich sieht, das schon zwei Sitzplätze für sich in Anspruch nehmen muss – Vielfraß denke ich sofort – ist man versucht, nun doch wieder aus dem Fenster zu schauen. Und unaufhörlich knistert es bei meinem Gegenüber. Also nicht einmal Ruhe in mein Bilderbuch zu schauen. Verstohlen wage ich einen Blick. Dieses Ungetüm schiebt einen Riegel, irgendetwas Süßes scheinbar, in sich hinein; einen nach dem anderen. Das Silberpapier fällt ihm dabei wie zufällig aus der Hand, landet vor meinen Füßen. Den Platz wechseln? Der Zug ist voll! Da öffnet sich in mir ein Ventil. Mein Zeigefinger deutet auf den Boden und es kommt nur ein Wort aus mir heraus: Verantwortung! Ein donnerndes Lachen ist die Antwort und der nächste Riegel wandert ins Maul, aufgesperrt wie ein Scheunentor.

Die Fahrt stehend fortsetzen? Ich habe ja eine Platzkarte und es sind noch zwei Stunden bis H. Soll ich eine Anstrengung gegen eine andere tauschen?

Da erhebt sich dieser Mensch tatsächlich, bückt sich unter Ächzen und hebt das Papier auf. Mit einem Kopfnicken strebt er dem nächsten Abteil, der 1. Klasse zu. Stumme, erleichterte Blicke treffen sich nun. Mir scheint, nicht nur ich – wir hatten gemeinsam gelitten.

Vorgabe:
Karussell; Brotlaib; Gemüse; Korb

Einen Korb, am besten gleich den größeren, das durfte sie nicht vergessen. Es war Kirmes, das Karussell lärmte, war selbst hier in der Wohnung nicht zu überhören. Da hatte man Schwierigkeiten sich zu konzentrieren. Frau Immerlein seufzte. Ach ja, der Markt war ja direkt daneben. Es war wohl besser sich alles aufzuschreiben, sonst vergaß man bei diesem Kirmeskrach noch die Hälfte. Also gut, Gemüse. Hier in der Wohnung konnte sie nicht wissen, was sie kaufen würde. Das Angebot war groß. Aber der Preis war auch nicht klein. Da musste sie schon überlegen, was sie sich leisten konnte. Dabei war der Korb das Maß, das hatte sich immer wieder gezeigt. Wenn der gefüllt war, dann reichte es für eine Woche.

Der Gang zum Markt, sonst immer ein Vergnügen, die vielen Farben, die Düfte all der guten Dinge, die es da gab – heute war das anders. Das ewige Gebimmel des Karussells verdarb ihr das alles. Trotzdem, es musste sein. Und auf dem Heimweg trug sie schwer an all dem, was sie erstanden hatte, freute sich schon auf das Auspacken in der Küche. Diesmal war das eine Überraschung. Die Bäuerin hatte ihr geholfen beim Einpacken. Da war wohl eine Tüte zu viel in ihren Korb gewandert – schwer und rund der Inhalt. Sicher hatte das jemand, der vor ihr bedient wurde, liegen gelassen, vergessen, und ärgerte sich nun. Eilig und neugierig riss Frau Immerlein das Papier auseinander und konnte nur staunen. Ein großer, duftender Brotlaib kam hervor. Den hatte sie gar nicht gekauft und auch nicht bezahlt. Aber zurücktragen mochte sie ihn auch nicht. Sie nahm ihn einfach als Geschenk des Zufalls und schnitt sich gleich eine dicke Scheibe davon ab.

Vorgabe:
Buntspecht; Besenstiel; Wunsch; Wollsocken.

Frühling – endlich Frühling. Nach diesem langen Winter konnte man die Sehnsucht, den Wunsch nach Wärme, nach mehr Licht nicht mehr mit Schweigen zudecken. Man sang, man pfiff ihn in die Welt. Die Straßen waren plötzlich auch voller Leben. Ja, nun hielt es auch die Stubenhocker nicht mehr in ihren vier Wänden. Alle Ampeln schienen auf Grün zu stehen und der Weg führte geradeaus in die Natur. Nach der alles verschlingenden Stille des Schnees erwachten die Sinne wieder und die Ohren sogen das beharrliche Klopfen vom nahen Wald wie ein Aufbruch-Signal in sich hinein. Da – ein Farbfleck auf silbrig glänzendem Buchenstamm: Ein Buntspecht tat seine Arbeit genau.

Und Emma bekam plötzlich die Putz-Wut. Sie schwang ihren Besenstiel im gleichen Takt dazu und warf übermütig, ja – leichtsinnig die Wollsocken in die Waschmaschine, wo sie natürlich verfilzten und schrumpften. Das würde sie dann spätestens im Herbst bemerken. Aber bis dahin war es noch weit.

Vorgabe:
Kreislauf; Tauwetter; Politur; Bücherregal.

Es war Zeit für den jährlichen Hausputz, höchste Zeit. Immer wieder hatte sie es hinausgeschoben, vor sich her geschoben wie eine Last. Aber davon wurde das Gewicht nicht geringer, sie war schon ganz schwindelig davon. Einer Dienstmagd hätte man befehlen können, endlich anzufangen. Nun, da sie selber ihre eigene Dienstmagd war, war das etwas schwieriger. Da waren zwei Seelen in ihrer Brust, eine davon musste sie wohl überlisten. Frau Buntschuh sah auf ihr Bücherregal, auf die bunte Vielfalt der Buchrücken und es zog sie unwiderstehlich dorthin. Schnell holte sie eine Leiter, stand bald schon auf der dritten Stufe und sah von oben herab auf den Staub, der dort auf sie wartete. Das war nun der Einstieg zum verwehrten Putzmanöver, da gab es kein Zurück. Doch bald gefiel es ihr schon, jedes Buch in die Hand zu nehmen und sorgfältig abzuwischen, manchmal auch aufzuschlagen und ein wenig darin zu lesen.

Erinnerungen wurden lebendig, Altes wieder entdeckt; das Putzen geschah nur nebenbei, war nun eingewickelt in Vergnügen. Die Politur der Bretter würde sie auch noch auffrischen, und das war dann schon wie Tauwetter in ihrer Seele. Frau Buntschuh atmete auf. Der Kreislauf der Dinge kam wieder ins Gleichgewicht – und ihr eigener auch.

Vorgabe:
Glanz; Windrichtung; Kugel; Sonnenstrahl.

Woher kam bloß dieser Glanz plötzlich, der auf allen Dingen zu liegen schien. Robert, von der Arbeit gerade nach Hause gekommen, staunte. Noch gestern hatte er sich, wie so oft, geärgert. Schrammen, Staub, Krümel auf seinem Schreibtisch. Das war doch nun wirklich Frauensache, musste er das auch noch selber tun?

Heute war irgendwie alles anders. Es war als ob die Windrichtung sich geändert hätte – von kaltem Nord auf Süd. Prüfend fuhr er mit dem Finger über die Schreibtischplatte und war überrascht: Da war er noch, derselbe Staub. Doch die Kugel aus Bergkristall, die er sich gekauft hatte (er war ein Liebhaber von Edelsteinen) mitten darin, strahlte, wie von einem Sonnenstrahl getroffen.

Robert ging nachdenklich zum Spiegel und sah sich in die Augen. Es musste wohl an ihm liegen, diese veränderte Wahrnehmung. Heute hatte der Chef sich sehr zufrieden über seine Arbeit geäußert, hatte ein dickes Lob ausgesprochen. Vielleicht brauchte man das ab und zu um mit dem Staub des Alltags fertig zu werden, um ihn einfach zu übersehen.

Vorgabe:
Gelegenheit; Gartentor; Blumenstrauß; Sturm.

Knarrte da nicht das Gartentor? Aber wer sollte denn jetzt noch kommen. Karla sah angestrengt in die Dämmerung, entdeckte aber niemanden, hörte auch keine Schritte. Dann hatte wohl der Sturm daran gerüttelt. Sie nahm sich vor, das, was sich an den Scharnieren gelockert hatte, reparieren zu lassen; vielleicht konnte sie auch selbst die Schrauben wieder fester anziehen. Dieses knarrende Geräusch konnte einen wirklich erschrecken. Karla erinnerte sich, wie sie einmal jemanden mit einem großen Blumenstrauß aus ihrem Garten weggehen sah. Damals war das Gartentor wohl leise geöffnet und geschlossen worden. Zufällig hatte sie aus dem Fenster geguckt. Dieser Jemand hatte sich selbst bedient wie in einem großen Blumenladen. Und das war er ja auch, ihr prächtiger Vorgarten, vor dem die Leute manchmal staunend stehen blieben. Wer da die Gelegenheit einfach frech ergriff – und in der Dämmerung war das für einen, der es mit mein und dein nicht so genau nahm, eine Versuchung, der kaufte billig ein. Über solchen Gedanken wurde Karla traurig, dachte an all die Arbeit, die diesem Blühen voranging. Aber sie wollte sich das nicht weiter ausmalen. Nein, sie würde es gleich morgen anders machen und von ihrem Überfluss ganz freiwillig etwas abgeben. Sofort wusste sie auch schon an wen. Da war doch die kranke Nachbarin, der würde das sicher gut tun; und – das fühlte sie ganz genau – ihr selbst auch.

Vorgabe:
Himmel; Taxifahrer; Bedarfshaltestelle; Landstreicher.

Himmel – musste ihm das nun passieren. Herr Lotrecht stampfte wütend mit dem Stock auf. Er hatte sich so beeilt, und das war mit seiner Gehbehinderung nicht so einfach. Noch nicht ganz auf dem Bahnsteig angelangt, fuhr die Bahn an ihm vorbei und davon. Ach ja, dies war ja eine Bedarfshaltestelle und der Fahrer hatte ihn gar nicht sehen können. Also zehn Minuten Wartezeit. Da konnte er sich noch ein wenig ausruhen, oder vielleicht ein Taxi? Dort drüben stand eines bereit. Der Taxifahrer vertrieb sich auf und ab gehend, dabei rauchend, die Zeit. Offenbar hatte er ihn gesehen und machte jetzt eine einladende Handbewegung. Herr Lotrecht schüttelte aber verneinend den Kopf. Es gab ja eine Bank hier, wo man – aber was sah er dort: Ein Landstreicher. Den Kopf nach vorne gebeugt war er wohl eingenickt, oder vielleicht betrunken? Aus seiner Plastiktüte schaute ein Flaschenhals hervor. Und wie dieser Mensch aussah, da konnte man sich doch nicht daneben setzen. Jetzt hob er den Kopf, war wohl aufgewacht, und er lächelte, lächelte ihn an. Was der wohl im Sinn hatte? Ihn berauben, das würde nicht viel bringen. Er hatte nicht viel Geld in der Tasche, war gerade unterwegs welches zu holen. Zwei Stationen, da war die Bank gleich an der Haltestelle. Aber das konnte dieser Typ ja nicht wissen. Und dass er nicht mehr der Stärkste war, das zeigte sein Stock überdeutlich. Wie sich in dieser Lage die paar Minuten dehnten. Jetzt erhob dieser Mensch sich tatsächlich, kam auf ihn zu. Was nun? Unwillkürlich packte er seinen Stock ganz fest, zu allem bereit. Doch es war nur eine bescheidene Frage an ihn gerichtet: „Wo ist hier der Bahnhof?" Herr Lotrecht deutete mit dem Arm die Richtung an und erklärte den kurzen Weg – dabei denkend: Dieser Kerl gehörte mal in die Badewanne. Stattdessen griff der aber in sein schmutziges Jackett, zog einen Briefumschlag hervor und zeigte stolz einen Fahrschein für den ICE nach Hamburg. „Haben mir die Kumpels postlagernd geschickt, ist meine alte Heimat." Dann zog er sein Handy aus der Tasche und strahlte: „Manchmal telefonieren wir." Was passte doch alles in ein Menschenleben hinein: Glück und Abfall, direkt nebeneinander und manchmal sogar die Hoffnung dazu.

Verlegen griff Herr Lotrecht in seine Manteltasche und fühlte einige dort vergessene Münzen. Es war nun wie ein Reflex, sie in die schmutzige Hand zu legen, die so anders war als alles, was man für normal hielt. Ein Lächeln, bei dem der überrascht Beschenkte ohne Scheu die Ruinen seiner Zähne zeigte, war der Dank.

Vorgabe:
Bohrmaschine; Schmerztablette; Vollmond; Märchen.

Man sagt, dass manche Menschen bei Vollmond wacher oder nervöser werden. Auch Unfälle geschehen, die man damit in Verbindung bringt. Und nicht wenigen raubt der Vollmond den Schlaf.

Aber was ist mit meinem Zahnschmerz, der mich ausgerechnet in dieser Nacht plagt? Hat der auch etwas damit zu tun? Wenn das so wäre, überlege ich, dann hilft auch keine Schmerztablette. Taghell ist es im Zimmer. Die große strahlende Scheibe am Himmel macht meiner kleinen Nachttischlampe erfolgreich Konkurrenz. Also keine Schmerztablette. Was aber dann?

Mir fallen die Märchen ein, wo immer wieder vom Aushalten erzählt wird, und wo dadurch Verwandlung geschieht. Immer wird etwas erlöst, was verzaubert oder gefangen war. Der Frosch, den es zu küssen gilt, wird... Nun ist mein Zahnweh ja kein Frosch, und wie sollte ich es auch küssen? Aber JA sagen und durchhalten, eine ganze lange Nacht! Da steht dann am Morgen sicher der Prinz vor mir, oder ich vor ihm – wahrscheinlich ja mit der Bohrmaschine, und der wird mich erlösen.

Vorgabe:
Leihbücherei; Telefonbuch; Liederbuch; Schlüsselbund.

Heute wollte Elena unbedingt in die Leihbücherei gehen. Sie hatte vor einigen Wochen von einem tollen Buch erfahren, das sie sicher interessieren würde. Das Wochenende stand bevor. Außerdem sagte der Wetterbericht ja Regen voraus. Da würde sie sich in ihre gemütliche Ecke verkriechen und in eine andere Welt eintauchen.

Nun kramte sie in ihrem Gedächtnis, aber Autor und Titel fielen ihr einfach nicht ein. Doch an ein paar Fetzen vom Inhalt konnte sie sich erinnern. Sicher würde der Bibliothekar ihr helfen können. Das nächste Problem war, dass sie nicht die Öffnungszeiten wusste. Ob das vielleicht im Telefonbuch stand? Wenn nicht, dann konnte sie doch wenigstens die Telefonnummer dort finden und anrufen. An manchen Tagen war nicht nur eine Hürde, sondern eine ganze Kette von Hindernissen zu überwinden. Da musste man sich, jedes Mal vor dem nächsten Anlauf ein wenig stärken um frischen Mut zu tanken. Das hatte sie eben auch getan. In ihrem geliebten Liederbuch fand sie immer wieder gute Worte, die den nächsten Schritt beflügelten.

Und nun – die Auskunft lautete: die Bücherei ist bis mittags geöffnet. Schnell zog Elena sich an, nahm ihre Tasche vom Garderobenschrank… Aber wo war denn bloß der Schlüsselbund? Den legte sie doch immer an einen ganz bestimmten Ort. Suchen war schrecklich. Hatte sie ihn verloren? Nein! Sie rief sich zur Ordnung. Dann hätte sie ja die Türe nicht aufschließen können, als sie nach Hause kam. Suchen und nochmals Suchen, worüber der Vormittag verging.

Endlich, nun war aber die Bücherei schon geschlossen, fand sie ihn in ihrer Schürzentasche; und da gehörte er nicht hin. Sollte man da nicht wütend sein?

Vorgabe:
Gehaltserhöhung; Blindgänger; Schmirgelpapier; Mietvertrag.

Das hätte er sich gestern überhaupt nicht vorstellen können: diese Überraschung. Wie oft hatte er den Kontoauszug heute schon wieder und wieder angeschaut. Achim rechnete hin und zurück, aber es blieb dabei. Er war eine ganze Stufe geklettert mit dieser Gehaltserhöhung. Merkwürdig war nur, dass die Mitteilung nicht vorher, sondern gleichzeitig kam. Eben erst hatte er den Briefumschlag mit dem bekannten Logo unter all der Werbung entdeckt. Zwar hatte der Chef vor einiger Zeit mal davon gesprochen, er aber hielt das für einen Blindgänger, der nicht zündete. Aber nun war es Wirklichkeit. Da konnte er jetzt ohne Bedenken den Mietvertrag für die schöne, viel bessere Wohnung unterschreiben, womit er so lange gezögert hatte.

Und das musste natürlich gefeiert werden, gleich heute Abend. Sofort rief er Lutz, seinen besten Freund, an; und natürlich Ellen. Besonders ihretwegen sollte man sich gebührend pflegen und aufpäppeln. Ein frisches Hemd natürlich und... Gedankenverloren fuhr er sich mit der Hand übers Kinn. Das fühlte sich an wie Schmirgelpapier. Also rasieren! Und was sonst? Den Kniff vernünftig in die Hose bügeln. Nicht gerade seine Lieblingsarbeit. Doch die Zahl, diese Zahl, die klingende Münze bedeutete, wirkte wie ein Powerdrink.

Vorgabe:
Bratensoße; Fahrplan; Fertiggericht; Schaukelstuhl.

Schon wieder das Telefon. Was ist denn jetzt schon wieder. In meinem Kopf formiert sich sofort: Nein das geht nicht, egal, was es ist. Wie ich das hasse, den ganzen Vormittag mit nichtigem Gerede zu verplempern, mit Leuten, die offenbar Langeweile haben. Das bringt meinen ganzen Fahrplan durcheinander. Beim nächsten Klingeln bin ich einfach nicht da, bin ja vielleicht zum Einkaufen unterwegs. Und das müsste ich jetzt auch.

Was werde ich heute Mittag überhaupt zu essen haben? Da ist ja keine Zeit mehr um noch etwas zu kochen. Also im Supermarkt ausnahmsweise ein Fertiggericht, vielleicht was italienisches, und das mit dem Rest Bratensoße von gestern aufwerten. Das müsste gehen.

Sieht ja ganz vielversprechend aus, diese Lasagne, hat mich schon im Geschäft angelacht. Nun schnell den Backofen aufheizen. Da stelle ich das Schüsselchen mit der Soße gleich dazu, die sollte ja auch heiß werden.

O Schreck! Was ist das denn? Leer! Habe ich das etwa geträumt, dass noch der Rest von gestern... Nein! Das war der Kater. Aber der weiß doch genau, dass er hier oben nichts zu suchen hat. Ja, gute Gerüche sind Verführer, und ich bin so naiv an meine Erziehung zu glauben. Wo ist er eigentlich? Hat sich sicher schuldbewusst verkrümelt. Hat er aber offensichtlich gar nicht nötig. Wieso auch. Dieses verwöhnte Viech regiert hier doch mit. Hat wieder den Schaukelstuhl, seinen Lieblingsplatz eingenommen. Na warte! Ein bisschen schimpfen werde ich aber doch. Obwohl – ein Deckel auf die Soße wäre die bessere Lösung gewesen. Demnächst gilt also Vorbeugung.

Vorgabe:
Original; Teppichklopfer; Bergstiefel; Fremdsprache.

Für diese Tour musste man unbedingt gute, feste Schuhe haben. So hatte der Bergführer uns informiert. Manchmal gab es dort steile Geröllwege, da rutschte man beim Bergabgehen leicht aus. Eine kräftige Profilsohle, darauf kam es also an. Am besten eben richtige Bergstiefel. So etwas besaß ich nicht. Ahnungslos, was in diesem ungewöhnlichen Urlaub auf mich zukommen würde, hatte ich auch nicht daran gedacht, sie anzuschaffen. Hier nun, in diesem fernen Land, wo ich mich hatte hinlocken lassen, war ein Sportgeschäft eine Rarität, vielleicht nur in der nächsten größeren Stadt zu finden. Was tun? Am nächsten Morgen bestieg ich den Bus nach P. und das war der Auftakt zu einem Abenteuer. Es ging zunächst bergab, und das hatte ich ja gewusst. Aber wie der Fahrer die vielen Serpentinen anfuhr und beherrschte – ich staunte und zitterte. Beim Aussteigen dann mir helfend lachte er – mich an oder aus? Es war mir egal, ich hatte nun wieder festen Boden unter den Füßen. Nun trieb mich auch die Neugier fort; ich wollte suchen und natürlich finden. Aber ich kam nicht weit. Denn hier unter freiem Himmel waren bunte, wundersame Schätze ausgebreitet, die wortgewaltig angepriesen wurden. Es zog mich von Angebot zu Angebot – an meinen beabsichtigten Schuhkauf dachte ich dabei gar nicht mehr – endlich zu einem Teppichhandler. Mit einem Teppichklopfer wedelte er eindrucksvoll durch die Luft, sprudelte unaufhörlich in dieser Fremdsprache, von der ich nichts verstand. Nur ein Wort hörte ich immer wieder heraus, und das schien ihm ganz wichtig zu sein, es klang so ähnlich wie „Original," Wovon ich mich dann verleiten ließ es einmal anzufassen, dieses Original, es zu drehen und zu wenden und letztendlich nach einigem Handeln in Gebärdensprache auch zu kaufen. Mit einer wollenen Brücke statt Bergstiefeln kam ich abends zurück. Mochten die anderen doch klettern, ich würde mich auf diesem weichen Fund derweil ausruhen.

Vorgabe:
Würgegriff; Thermometer; Nadelöhr; Wahlplakat.

Es ist wieder so weit. Da hängen sie, die großen, die übergroßen Köpfe, die man sich in den vielleicht noch unentschlossenen eigenen Kopf setzen soll. An allen Straßenecken hängen sie. Peter sitzt in seinem offenen Cabriolet, die Ampel zeigt Rot, und blickt dem bebrillten Wahlkandidaten kritisch in sein Pappgesicht. „Hoffentlich ist das nicht auch alles Pappe, was du versprichst." Sagt er vor sich hin. Er rechnet, was so ein Wahlplakat wohl kostet. Und wer bezahlt das alles? Ja, das hängt nun wieder wochenlang so, meist noch weit über diesen Tag hinaus; mit dem Wegräumen haben es die Parteifritzen nicht so eilig. Wenn man am Wahltag die Spannung der Kandidaten mit dem Thermometer messen könnte, dann wäre sie sicher nahe dem Siedepunkt und jede Verkündung der letzten Hochrechnung wie ein Nadelöhr, durch das man hindurch muss. Und zuletzt dann unausweichlich der Würgegriff an dem, der unterlegen ist.

Und jetzt Grün. Der Motor heult kurz auf, das Gaspedal unter dem Fuß ergibt sich. Und Peter fühlt es plötzlich sehr genau: Man ist immer unter etwas, unter irgendeinem Fuß, der seine Macht gebraucht, so oder so. Die absolute Freiheit ist eine Illusion. Mit diesem Erkennen lässt er sie alle noch einmal vor seinem inneren Auge vorbeimarschieren. Der Dritte ist es, ja, der Dritte bekommt am übernächsten Sonntag mein Kreuz.

Vorgabe:
Misere; Quelle; Ohrensessel; Lorbeerkranz.

Jedes Ding hat wohl seine Geschichte, die, wenn es sie erzählen könnte, vielleicht Stoff genug für einen Roman ergäbe. Bei diesem Ohrensessel reichte es sicher zu einem besonderen Werk. Wie viele Personen und welche hatten wohl darin gesessen, sich angelehnt mit ihren Gedanken und Gefühlen, und was hatte er wohl alles mit jeder Bewegung zu spüren bekommen. Anita versucht es sich vorzustellen, blickt immer wieder stolz auf dieses alte Möbel, das sie mit viel Mühe und Geduld erfolgreich verjüngt hat. „Na, Alter, wie fühlst du dich jetzt?" sagt sie, mit der Hand liebevoll über den schönen neuen Bezug streichend.

Seit fast einem Jahr gehört er ihr schon, war bei einer Haushaltauflösung übrig geblieben. Das Angebot hatte sie damals sofort und ohne Überlegung abgelehnt. „Was soll ich mit diesem Opa" geantwortet. Aber nach einem Probesitzen, wie zum Spaß, und genauem Hinschauen, entschloss sie sich, es mit ihm zu versuchen. Da war doch noch der wunderbare selbstgewebte Stoff, den sie wie eine Kostbarkeit gehütet hatte. In ihrer Jugend gab es zu Hause ja einen Webstuhl.

Und dann, die Nachbarin neugierig wie immer, meinte beim Ausladen spöttisch: „Ach, so ein Scheuklappensessel, was wollen sie denn damit?" Anita hatte kurz zurückgeschossen: „Ich brauche keine Scheuklappen, bei mir geht es geradeaus." Ja, und dann hatte sich der „Opa" unter ihren geschickten Händen gehäutet. Das Holz wurde aufpoliert und das neue Kleid mit viel Mühe angezogen. Für dieses anstrengende, komplizierte Werk hätte ich eigentlich eine Siegerehrung, einen Lorbeerkranz verdient. Anita lacht und denkt: müsste ich mir ja selbst flechten. Nein, dieses Gefühl der Geborgenheit, wenn sie sich darin ausruht, manchmal auch ein bisschen träumt, das ist Lohn genug.

Da ist ihr doch kürzlich bei einer Siesta eine Gedichtzeile eingefallen. „An der Quelle saß der Knabe." Wohin soll sie das sortieren, in welches Gedicht – wer hat es geschrieben? Egal, sie sitzt jetzt hier an der Quelle, an der Quelle dessen, was sie für sich braucht. Die einzige Misere ist, dass sie das so oft vergisst - sind die Zweifel, die immer wieder bohren. Warum eigentlich? Das muss sie ändern. Fällt sie ihm sonst nicht in den Rücken, dem „Opa," der ihr so wohlgesinnt ist?

Vorgabe:
Bindfaden; Nische; Spirale; Brennschere.

Die Nische im Bad, wo der Hocker steht, da wird immer etwas mit den Haaren gemacht. Da schneidet Onkel Tom dem Papa die Haare, Mama streicht sich mit dem Pinsel rote Farbe auf ihre Haare, und Nina soll heute Locken bekommen. Sie ist schon ganz aufgeregt, denn heute ist ein ganz besonderer Tag. Soll sie ihre Pirouette hier vor dem großen Spiegel noch einmal ausprobieren? Nein, erst müssen die Locken da sein, dann weiß sie es bestimmt besser, ob sie es wirklich kann. Wo nur die Mama solange bleibt. Nina nimmt den Bindfaden, den sie kürzlich im Mülleimer gefunden hat – manchmal wirft die Mama so schöne Sachen einfach weg – und versucht ihre langen Haare damit zusammen zu binden. Aber das ist nicht schön; ihr Kopf wird ja dadurch viel kleiner. Mit Locken wird er sicher größer. Er muss so groß werden wie ihr Spitzenröckchen. Heute Abend, in der Aufführung der Ballettschule, wird sie ein Solo tanzen, ganz allein, und die anderen werden nur daneben stehen und zugucken.

„Da bist du ja schon, meine kleine Ballerina." Endlich ist die Mama da und Nina muss jetzt ganz still sitzen. „Was ist das für ein komisches Ding, das stinkt ja und ist ganz heiß." „Das ist die alte Brennschere von der Oma, damit werde ich dir jetzt die Locken wickeln. Und du musst nun ganz ruhig sitzen, damit ich dich nicht verbrenne." Nina macht die Augen zu, dann ist sie, wenn die Friseurmama fertig ist, bestimmt ganz toll überrascht.

„So, die erste Spirale ist fertig, guck doch mal, so werden sie jetzt alle," sagt Mama. Nina öffnet die Augen, sie will die Locken nun alle zählen; sie muss den anderen doch sagen, wie viele es sind, wie groß ihr Kopf jetzt ist.

Vorgabe:
Insel; Leergut; Einkaufstasche; Stimmbruch.

Hauptbahnhof, eine unruhige, schrille Atmosphäre: Ein – und abfahrende Züge, Stimmengewirr, Lautsprecherdurchsagen, die bunte Vielfalt der Reisenden. Und doch ein Ruhepunkt mitten darin. Eine kleine Insel in dem Gewühl. Müde und bepackt finde ich noch einen freien Sitz in der Bankreihe. Noch fünfzehn Minuten bis zur Abfahrt meines Zuges; nun, da ich sitze, ist das erträglich.

Neben mir zwei Jugendliche, Schüler, wie es scheint. Sie unterhalten sich über Klausuren, über Lehrer und Noten. Die eine Stimme noch ganz knabenhaft, die andere schon im Stimmbruch, fast männlich. Aber jetzt eine Pause, Blick auf die Uhr, es werden die Flaschen aus dem Rucksack geholt – und geleert – hektisch, denn der Zug fährt ein, und achtlos auf den Boden gestellt. So einfach ist das Entsorgen. Die beiden Sitze sind gleich wieder belegt. Neben mir nun eine ältere Frau, ärmlich und bieder gekleidet; das Kopftuch, ein ältlicher Mantel erinnern mich an den Krieg. Sie hebt gleich die leeren Flaschen auf und steckt sie in ihre Einkaufstasche. Meine beobachtenden Blicke bemerkend beginnt sie ein Gespräch. Das sei ihr täglicher Spaziergang, erzählt sie, von dem sie meist ziemlich beladen mit Leergut nach Hause komme. Und das lohne sich, damit bessere sie ihre kleine Rente auf. „Beim Durchsuchen der Papierkörbe finde ich aber nicht nur leere Flaschen," sagt sie nun leiser und fast vertraulich. "Manchmal auch gestohlene Geldbörsen, ohne Geld natürlich, aber oft mit Ausweis und Führerschein. Da freue ich mich, es dem Besitzer wieder zurückgeben zu können. Und das bringt oft noch einen Finderlohn."

Mein Zug kommt. Ich stehe auf mit einem frohen „Alles Gute, und immer eine reiche Ernte." Sie nickt dankbar, hebt winkend die Hand. Das ist Würde, denke ich – ist ehrliche Arbeit.

Vorgabe:
Gesetz; Sumpf; Grauzone; Rezept.

So war das also mit dieser vielgerühmten Freiheit. Wenn man sie nicht hatte, dann wusste man erst, was das eigentlich war. Jetzt, wo er in diesem verdammten Knast saß, begann Boogie, wie sie ihn alle genannt hatten, die mit ihm waren, nachzudenken. Jetzt hatte er Zeit, hatte vier Wände, mit denen er allein war. Der Sumpf, aus dem er kam, war weit weg, war per Gesetz abgeschnitten worden. Hier konnte er nun mit sich selber sprechen, hier liefen die Fragen nicht mehr davon, sie sahen ihm ins Gesicht, warteten auf Antwort.

Diese Kahlheit der Wände, die ihm Angst machte, weil er nichts mit ihr anzufangen wusste, sie lockte ihn dennoch, einmal genau hinzu-sehen. Aber das war Grauzone, nichts Genaues, nichts von Bedeu-tung. Die Augen schmerzten, wenn er etwas erkennen wollte. Doch wozu hatte man Hände, die fühlen und tasten konnten? Boogie wusste plötzlich, er musste sich mit diesen Wänden anfreunden, die ihn jetzt auf lange Zeit umschlossen. Und das war eine Arbeit, die ihren Lohn in sich trug. Denn er entdeckte die Botschaften derer, die vor ihm hier gewartet und gelitten hatten. Feine Ritzspuren waren es, wie mit den Fingernägeln gesägt, die zu ihm sprachen. Es war nicht wichtig, Worte heraus zu buchstabieren. Das Rezept be-griff er, es verhieß Veränderung.

Jetzt – sprach er zu sich selber, bin ich endlich dort angekommen, wo ich die Diamanten nicht mehr stehlen muss, wo ich sie in mir selber finden kann. Und das war eine Spur, die er sofort mit dem Daumennagel in die Wand grub. Er tat es leise. Es ging die Wärter gar nichts an. Dies hier war für die, die nach ihm kommen würden.

Vorgabe:
Gerücht; Wickelgamaschen; Hausverbot; Fragebogen.

„Was früher der Dorfbrunnen war beim Wasserholen, das ist heute die Schlange an der Kasse im Supermarkt." Herr Neunzig sagte es etwas verärgert zu seiner Frau, die ihm die neueste Version einer Vermutung mitzuteilen versuchte. Einer Vermutung, die im Dorf kursierte, wenn von dem jungen Mann gesprochen wurde, dieser seltsamen Erscheinung, die kürzlich aufgetaucht war und nicht hierhin zu passen schien. Diese komischen Wickelgamaschen jetzt im Sommer und der Vollbart, der sein ganzes Gesicht bedeckt. Außer Augen und Nase ist da nicht viel zu sehen.

„Dieses Weibergequatsche, eine Krankheit, die nicht auszurotten ist. Der wird irgendwann wieder verschwinden, wie er gekommen ist. Dann müsst ihr euch etwas Neues ausdenken um es auseinander zu nehmen wie ein Uhrenkästchen." Herr Neunzig war jetzt wütend. Er füllte gerade den Fragebogen für die neue Versicherung aus und musste sich konzentrieren.

„Aber da muss doch etwas dran sein, das ist doch kein Gerücht, dass er Hausverbot hat im Supermarkt. So etwas erfindet man doch nicht einfach aus dem Nichts. Ich glaube, wir müssen aufpassen, die Versicherung..." „Diese Versicherung haftet ja gar nicht für Einbruch und Diebstahl; Da geht es nur um Sturm – und Wasserschäden, also um das, was hier in diesem kleinen Nest passieren kann."

„Hat es geklingelt?" Herr Neunzig springt auf. Wer soll denn jetzt noch kommen um diese Zeit, wo man eigentlich schon schlafen könnte. Er späht durch den Spion, sieht etwas verschwommen einen Vollbart und Wickelgamaschen...

Ich glaube, wir müssen aufpassen, denkt er – und öffnet nicht.

Vorgabe:
Sperrmüll; Barhocker; Phantomschmerz; Vogelperspektive.

Sehen, sich verlieben und schon besitzen. Ja, man kann sich auch in Dinge verlieben, man kann sie sogar bedauern, wenn sie so einfach abgeschoben werden wie etwas Nutzloses, Totes. Zum Sperrmüll! Und sei es auch noch so schön und ganz und brauchbar, und dort mit ungeheuren Kräften zermalmt.

Von meiner hohen Warte aus dem Fenster schauend wie aus der Vogelperspektive, hatte ich ihn entdeckt: meinen Tisch. Ich sage schon mein, denn das ging sehr schnell, dass er mein wurde. Und wie er passte! Oder doch nicht? Es ist so eine Sache mit den Adoptivkindern, man durchschaut sie nicht sofort. Die Probleme also inklusive. Natürlich wurde der Neue zuerst ein bisschen gewaschen, damit er sein wahres Gesicht zeige, dann ausprobiert, oder soll ich sagen anprobiert? Denn er musste ja nicht nur meinem Arbeitszimmer passen, sondern auch mir. Also einen Stuhl geholt – und schon ein wehes Begreifen: Das war ein Möbel für einen Riesen. Jetzt also die Frage: Sollte er sich mir anpassen oder ich mich ihm? Hieße demnach, seine Beine ein Stück absägen oder einen Hochstuhl besorgen.

Schon die Säge in der Hand zur Amputation, ließ ich sie wieder sinken, konnte es nicht tun. Nein – ich traute diesem Tisch Empfindungen zu. Es würde ihm etwas fehlen. Und dieses Fehlen, dieses Abgesägte, bedeutete vielleicht für ihn Phantomschmerz.

Nun sitze ich fröhlich auf meinem schnellst besorgten Barhocker, ein wenig über dem, was mich umgibt. Und der Neue ist offensichtlich sehr zufrieden mit mir. Er sagt es, wenn ich mich fest auf ihn stütze, mit einem dunklen Raunen tief in seinem Holze.

Vorgabe:
Brandstiftung; Kuhhaut; Schiebetür; Fußgängerzone.

Eine Tür öffnete sich ganz leise, eine Schiebetür. Die Luft war wieder rein. Jens kroch langsam und vorsichtig aus dem Schrank. Das Versteck war aber entschieden zu klein für ihn, fast hatte er sich doppelt schlagen müssen; und Luft zum Atmen brauchte man ja auch. Swenja hatte ihm schnell noch einige Kekse und die Cola-Flasche zugesteckt. „Damit du nicht verhungerst," hatte sie geflüstert. Sie war jetzt nicht hier im Zimmer, wollte wohl sicher sein, dass ihre Mutter nach der Mittagspause das Haus wieder verlassen hatte.

So ein Theater um nichts. Swenjas Eltern erlaubten ihrer Tochter nicht, Freunde oder Freundinnen mit nach Hause zu bringen, wenn sie allein war. Sie machten doch nur Schulaufgaben miteinander, besonders wenn eine Klassenarbeit bevorstand. Und Jens konnte ihr gerade in Mathe so gut helfen. Ja, manchmal saßen sie auch, wenn das alles erledigt war, erleichtert nebeneinander und hielten sich bei der Hand. Das war doch nichts Schlimmes. Jens hatte es eben noch zu Swenja gesagt: „Was deine Eltern uns in Gedanken anhängen wollen, das geht auf keine Kuhhaut." In der Fußgängerzone war Swenjas Mutter ihm einmal begegnet und hatte ihn unfreundlich und misstrauisch angesehen. Vielleicht ahnte sie ja, dass er Swenja gern mochte. Er war zwar schüchtern, aber er konnte sich doch vorstellen, ihr einmal einen Kuss zu geben. Aber das wäre wohl Brandstiftung, und wer weiß, was da für ein Feuer entstünde.

Nein, damit wollte er noch warten. Aber auf sie aufpassen, dass sie in der Schule gute Noten bekam. Und wenn es nötig war, sich auch wieder einmal in dem schrecklichen Schrank verstecken.

Vorgabe:
Schandfleck; Flucht; Beipackzettel; Szenenwechsel.

Ja, ein Spaziergang, den hatte er sich jetzt verdient. Herr Gerber erhebt sich etwas mühsam; die Arbeit am PC hat ihn wieder sehr angestrengt. Es kommt auf die Dosis an, denkt er, nimmt seine Lodenjacke vom Haken und den schönen Spazierstock, ein Erbstück, den schon sein Vater benutzte. Die Richtung ist klar: Auf, in die Natur! Das frische Grün nach diesem Regen wird den Augen gut tun. Die Stadt hat da wirklich etwas Gutes geschaffen. Diese Oase, weit ab vom Verkehrslärm.

Herr Gerber genießt die Ruhe. Niemand sonst. Ist er etwa alleine unterwegs? Irgendwo wird auch eine Bank sein, da möchte er ein wenig verweilen. Ja, richtig, dort hinten, da ist sie schon. Im Näherkommen stutzt er, muss nochmals genau hinschauen und merkt, wie ihm der Ärger hochsteigt. Ist es denn möglich? Das ist ja ein Schandfleck für diese Stadt! Sieht diese überfütterte Gesellschaft denn nicht, dass dieser Abfall nicht hierhin passt? Der Papierkorb, direkt daneben, leer... Schon regen sich die Hände, wollen das alles aufsammeln. Aber, nein, da schreibt er stattdessen besser einen Brief an die Stadtverwaltung. Allerdings sind die ja auch nicht zuständig für Nachhilfeunterricht in Erziehung.

Die Gedanken gehen zurück in die Kindheit. Damals waren hier Getreidefelder, wuchs hier Brot. Und das war eine Kostbarkeit, war rationiert. Da hatte man Hunger. Und diesen ganzen Süßkram, der in dem Müll verpackt war, den gab es nicht. Und wenn es ihn gegeben hätte? Dann jedenfalls ohne Plastikumhüllung, denn die war noch nicht erfunden. Und ein Papiertütchen, hätten wir das einfach auf den Boden geworfen? Gedankenversunken blickt Herr Gerber auf das Ärgernis. Er hört Schritte. Und schon steht Otto vor ihm, ein ehemaliger Schulkamerad.

„Was machst du denn hier, hast du auch Sehnsucht nach Grün? Dann guck mal, was dort die Landschaft so schön bunt macht." Sein Zeigefinger weist auf den Müll. „Ja, das ist heute so, daran müssen wir uns wohl gewöhnen." Otto winkt ab. „Außer dich ärgern, kannst du dagegen nichts tun. Und jetzt mal Szenenwechsel." Er sagt es energisch, tritt die Flucht nach vorne an. „Ich komme gerade aus der Apotheke. Du verstehst das ja, glaube ich, besser, was hier auf dem Beipackzettel steht." Herr Gerber packt die Brille aus, vertieft sich in die Nebenwirkungen des Medikamentes. „Was hier geschrieben steht, ist auch nichts anderes, als das, was da auf dem Boden liegt. Das eine ist die Umweltverschmutzung; das hier nennt man Inweltverschmutzung Daran wirst du dich gewöhnen müssen."

Sie trennen sich versöhnlich mit einem Kompromiss, wissen es beide: Jetzt heißt es Schritt halten, denn diese Welt läuft uns sonst davon.

Vorgabe:
Brummschädel; Merkzettel; Training; Mischehe.

Alles, was man wiederholt tat, oder auch es ließ, war ein Training in die eine oder die andere Richtung, in die gute oder die schlechte, in die richtige oder die falsche. Wenn man das begriffen hatte, durch Erfahrung gelernt, dann war eigentlich alles sehr einfach.

Peter hielt mit beiden Händen seinen Brummschädel, doch der Schmerz tobte sich weiter in ihm aus. Sein Körper verpasste ihm doch sehr deutliche Merkzettel. Warum behielt er das nicht? Gedächtnistraining bedeutete wohl in diesem Fall, es noch öfter zu erleben.

Dieses scheußliche Zeug, was er gestern Abend getrunken hatte, gegen seine innere Stimme. Die Reaktion darauf war wohl notwendig gewesen, um es endlich ernst zu nehmen, was ihm damit gesagt war: Du kannst mich nicht anders haben und besitzen als einen Spiegel, der dir die Wahrheit sagt. Wir beide sind also nicht verbunden wie in einer Mischehe, wo der eine so ist, und der andere ganz anders. Nein, wir sind aus einem Stück gemacht. Du solltest also nicht in dir selber gegen den Strom schwimmen.

Wie er das in seinem Schmerz spürte. Ob er sich nächste Woche noch daran erinnern würde? Vielleicht brauchte man dazu einen Merkzettel aus Papier.

Vorgabe:
Lexikon; Fernbedienung; Fundbüro; Notausgang.

„Wenn du nicht weißt, wie das Wort geschrieben wird, dann sieh doch schnell im Lexikon nach." Eric war bei den Hausaufgaben, und die Mutter, die sich immer in Reichweite aufhielt, um ihn bei der Stange zu halten, wie sie es nannte, versuchte damit nicht seiner Bequemlichkeit auf den Leim zu gehen. Wann würde er das endlich lernen, selbständig und zielstrebig zu arbeiten? Zu dumm war er ja nicht. Aber bei der kleinsten Schwierigkeit war sie immer sofort der Notausgang, zu dem er sich flüchtete. Wie war sie zu der Strategie gekommen, ihn so nah zu beaufsichtigen? Am Anfang der Schulzeit, da war das doch ganz anders gewesen, da hatte sie ihn ganz bewusst sich selbst überlassen. Er sollte sich mal anstrengen. Aber Spielen hatte wohl die größere Anziehungskraft und anderes auch. Einmal hatte er sich doch tatsächlich die Fernbedienung an sein Schreibpult geholt und versuchte nun gleichzeitig zu rechnen und zu glotzen. Wie sie diese Ausdrucksweise hasste; das war die verkommene Sprache, die er von der Schule mitbrachte.

Jetzt klingelte das Telefon, schnitt ihre Überlegungen ab. Am anderen Ende das Fundbüro: „Soeben ist die verlorene Armbanduhr abgegeben worden." Eine erfreuliche Mitteilung, die wieder etwas gerade bog, auch in ihrer eigenen Stimmung. Denn das hatte Eric auch fertig gebracht, seine gute Uhr zu verlieren. Er hatte wohl noch überhaupt keine Wertvorstellungen. Eine billige Kinderuhr hätte nicht diesen Ärger bereitet. Sie musste wohl einiges bei sich selbst korrigieren und nicht immer in kostspieligen Kategorien denken.

Vorgabe:
Begradigung; Gerümpel; Strafregister; Wimperntusche.

Es gab Mülltonnen, da lohnte es sich wirklich einmal hineinzuschauen. Da war nicht nur irgendwelches Gerümpel drin. Sie zu finden, war eigentlich sehr einfach. Man konnte sich an den Häusern orientieren, wo sie standen und beobachten, wer dort wohnte. Waren es alte, waren es junge Leute, welches Auto stand vor dem Haus usw.

Lilo zog ihren kleinen Spiegel aus der Tasche und versuchte sofort anzuwenden, was sie gerade gefunden hatte. Noch nie hatte sie das gemacht und schwarz war ja auch nicht ihre Farbe. Aber Wimperntusche ist nun mal so, dachte sie, und ein gewisser Augenaufschlag konnte durchaus förderlich sein.

Wenn man etwas Schönes gefunden hatte, was zudem noch nützlich war, dann grub die Phantasie weiter – in die Tiefe, in die Höhe, dann wurden ganz neue Wünsche geboren. Aber das war doch auch keine Schande, sich Dinge anzueignen, die keiner mehr haben wollte, die weggeworfen waren; und es würde ihr internes Strafregister, das sie peinlich genau führte, kaum belasten. Nein, das war eher eine Begradigung. Diese Mäander zwischen Scheinen und Sein, zwischen dem, was man sein wollte und dem, was man war, würden abflachen, würden ehrlicher werden.

O, sie wollte bei jeder Gelegenheit wieder suchen und sich überraschen lassen.

Vorgabe:
Gipskorsett; Dunkelziffer; Fegefeuer; Politik.

Die Nachrichten waren wieder ein gerüttelt Maß an Politik gewesen, die im Sande verlaufen würde, weil man den einen und den anderen gerecht werden wollte. Das konnte gar nicht funktionieren. Da wurde mit Zahlen argumentiert, mit Statistiken, von denen der Laie sowieso keine Ahnung hatte. Wobei die Dunkelziffer meistens im Dunkel blieb. Herr Lose schaltete missgestimmt die Kiste, wie er sie in solchen Momenten nannte, aus. Das Beste war immer noch am Schluss der Wetterbericht. Donner, Blitz und Hagel sollte es morgen geben. Nicht schön, aber auch nicht von Menschen gemacht. Das konnte man erleben wie ein Fegefeuer, das vorüber ging.

Herrn Loses Gedanken gingen wieder zurück zur Politik. Wenn man der wäre, der in dieser bestimmten Situation das Sagen hätte, dann würde man das ganz anders machen. Aber der war man nicht. Und damit fühlte er sich wie in einem Gipskorsett. Wenn doch endlich…

Vorgabe:
Sieg; Operation; Fassade; Brikett.

Warum sprang denn die Heizung nicht an bei dieser Kälte? Sie versuchte ja schon zu sparen, nachts wurde abgeschaltet. Aber am Morgen beim Frühstück sitzend hatte sie es gerne gemütlich. Frau Kiebig zog sich eine dicke Jacke an, aber das war nicht das gleiche. Nein, in Winterklamotten beim Frühstück zu sitzen, das verdarb einem gründlich die Laune. Sie bohrte sich in ihren Missmut hinein, war geladen. Und das war nötig, wenn man den Hausmeister einmal richtig zusammenstauchen wollte. Frau Kiebig lief zum Telefon, nahm den Hörer ab. Aber auch das Telefon war stumm. Jetzt war sie machtlos, konnte sich nur ergeben.

Wie schon oft, wenn alles festgefahren war, kamen die Erinnerungen. Wie war das doch so ganz anders in ihrer Kindheit und Jugend gewesen. Eine Heizung hatten damals nur ganz reiche Leute. Ein Ofen und in der Küche ein Herd. Das bedeutete Holz, Kohlen und Brikett schleppen. Im Herbst die fünfzig Zentner Brikett, die im Keller säuberlich aufgestapelt wurden. Sie hatte dabei immer helfen müssen. Wenn sie angeliefert wurden, dann gab es auch eine Menge Bruchstücke. Da hatte sie dann in der Kellerecke eine schwarze Mauer gebaut, eine Fassade; dahinter warf sie alles, was sich nicht stapeln ließ. Der Vater sprach dann immer von einer großen Operation. Das hörte sich an wie ein Feldzug, der natürlich auch eine Niederlage bedeuten konnte. Einmal war das so gewesen. Da war die ganze mühsame Arbeit wieder eingestürzt und sie mussten von vorne anfangen. Aber wenn dann alles getan war, sie staubgeschwärzt wieder ans Tageslicht kamen, dann wurde der Sieg gefeiert. Sauber gewaschen am Tisch sitzend gab es frische Waffeln und Kakao. Frau Kiebig lächelte. Ihre Wut war wie weggeblasen. Gegen diese Strapazen war das bisschen Heizungsausfall heute gar nichts, wirklich nicht der Rede wert.

Vorgabe:
Formalität; Grashalm; Silberbesteck; Magermilch.

Das Attest hatte ich nun. Was hatte der Doktor da eigentlich aufgeschrieben? War mir eigentlich egal. Dieses Medizinerlatein verstand ich ohnehin nicht. Hauptsache es würde etwas nützen. Ja, das hatte er zuletzt noch gesagt: der Antrag sei nur noch eine Formalität.

In Gedanken hatte ich schon die alte Milchkanne in der Hand, vor Jahren zum letzten Mal benutzt; ließ mir jeden Tag einen halben Liter Magermilch einfüllen – mit diesem Sonderbezugschein. Und wenn das doch nicht zustande kam? Diese Ungewissheit war so schlimm wie die Not. Man fühlte sich wie ein Grashalm im Wind. Hin und her gerissen kam einem alles in den Sinn, was man vielleicht nicht unbedingt zum Leben brauchte, zum Beispiel das Silberbesteck. Wozu war das noch nütze, wenn es nichts zu essen gab. Kartoffelschalen in der Pfanne getrocknet, nicht etwa gebraten, serviert mit Silberbesteck. Welche Verrücktheit!

Aber noch war Hoffnung, im Kopf nun auch die Alternative: der Gang von Bauernhof zu Bauernhof, in der Tasche einen Löffel oder eine Gabel, glänzend geputzt, damit sie auch anbissen, die Satten; und bei dem ich natürlich den Kürzeren zog, bei diesem Tauschhandel. Denn Milch lieferte die Kuh jeden Tag neu und frisch. Mein Silberbesteck war ich aber dann für immer los.

Der Grashalm kam mir wieder in den Sinn. Wenn der Wind nachließ, dann stand er wieder gerade, streckte sich dem Himmel entgegen. Könnte nicht meine Zukunft auch so aussehen?

Vorgabe:
Scherbenhaufen; Taschenrechner; Wirbelwind; Regenpfütze.

Ein Griff in die Jackentasche, und schon ist er einsatzbereit, der kleine Rechenkünstler; mit einer Hand zu bedienen, und was er sagt, stimmt immer. So etwas Tolles hätte man in der Prüfung haben müssen, überlege ich. Aber nein, Taschenrechner waren nicht erlaubt. Dafür das kleine und das große Einmaleins im Kopf, Rechenschieber und Logarithmentafeln.

Auf dem Weg zum Parkplatz schnell noch einmal nachrechnen, ob ich wirklich so günstig eingekauft habe. Scheinbar doch nicht so, wie man es mir schmackhaft gemacht hat. Also nächstes Mal direkt vor den Augen der Verkäuferin meinen kleinen Freund befragen.

So ganz in Zahlen verstrickt erschrecke ich plötzlich, bin von oben bis unten bespritzt. Ilka, die unbedingt mitkommen wollte, mit ihren vier Jahren wie immer ein Wirbelwind, ist mit einem Jauchzer in die Regenpfütze gesprungen, und das nicht etwa mit Gummistiefeln. Also nasse Füße, Schmutzspritzer auf meinem hellen Mantel – soll ich schimpfen? Waren für mich nicht früher die Regenpfützen auch eine helle Freude?

Zu Hause nun eine Menge Arbeit: für trockene Füße sorgen, Flecken auswaschen – war alles nicht mit eingerechnet. Da zerfallen die schönsten Erinnerungen zu einem Scherbenhaufen. Unter dem Strich also gedämpfte Laune. Aber das hat das kleine schwarze Ding in der Jackentasche noch nicht gelernt, mir vorzurechnen, zu sagen, mit was ich dieses Ergebnis dividieren muss, dass nichts davon übrig bleibt, von diesem unter dem Strich.

Vorgabe:
Widerspruch; Krümel; Niederlage; Asche.

„Einen Moment bitte noch." Mit einem Schnipser seines Zeigefingers befördert er die Asche seiner Zigarette auf den Boden, und das in seinem exklusiven Büro. Was ich in meinem Kopf sofort als ein Symptom verbuche. Die dazu passende Krankheit wird sich schon noch herauskristallisieren. Zwar komme ich in diesem Falle als Bittsteller, fühle mich jedenfalls so, habe aber intern schon das erste Tor geschossen. Der Moment dauert und dauert. Er telefoniert, blättert in Akten, sieht mich Wartende auf meinem Stuhl schmoren, hebt und senkt die Schultern, was im Klartext heißt: da kann man nichts machen. Dann endlich ein Klick – den Hörer auf die Gabel.

„Sie wollen also Widerspruch einlegen gegen unsere Entscheidung."
„Ja, das möchte ich. Schließlich bin ich nicht so ein kleiner Krümel, den man mit einer Handbewegung einfach vom Tisch fegt. Ich habe zehn Jahre gerne hier gearbeitet, habe offenbar gut gearbeitet, denn sie haben es mir nicht nur einmal bestätigt." „Das stimmt." Er zündet sich, scheinbar nervös, wieder eine Zigarette an – „es sind aber doch die Umstände, die uns dazu zwingen." Jetzt erst einmal tief Luft holen, denke ich. „Diese Umstände kenne ich. Sie haben Frau S. befördert, der ich schon lange im Wege war. Diese Intrige werde ich nicht hinnehmen. Der Betriebsrat ist bereits informiert." Herr M. springt auf, umrudert mit seiner Fülle den Schreibtisch, will mich beschwichtigen. Und wieder fällt Asche auf den Teppichboden. „Bagatelle, dafür gibt es Staubsauger" murmelt er, legt mir, wie zur Beruhigung, die Hand auf die Schulter. „Wir werden es noch einmal auf die Waage legen, das Problem."

Niederlage? Frage ich mich. Nein. Noch ist das Spiel unentschieden. Die Uhr tickt. Tickt auf meiner Seite?

Vorgabe:
Sonnenschirm; Mangel; Wunschzettel; Gelenk.

„Bitteserr" – fast wäre ich gestolpert, so schnell war sie vor mir mit ihrem tiefen Knicks, der mir sofort in mein Langzeitgedächtnis fuhr wie der Blitz. Dieser Knicks den ich immer hatte machen müssen vor der gestrengen Großmama. Aber war ich die jetzt? Was wollte sie, diese Frau? Und wieder dieses „Bitteserr," in ihrer rechten die rote Rose, nun vor meiner Nase, die linke hohl ausgestreckt wie eine Opferschale. Aber nicht lange. Denn nun griff sie an das gebeugte Knie, das Gesicht, dieses ein wenig verblühte, aber immer noch schöne Gesicht, nun fast eine Grimasse. Die wohleinstudierte Bettelgebärde hatte wohl ihre Spuren im Gelenk hinterlassen.

Einige lose Münzen aus meiner Manteltasche und die Rose, die ich zunächst überrascht genommen hatte, was sollte ich aber damit hier auf der Straße, mochte sie sie doch ein zweites oder drittes Mal verkaufen – legte ich in ihre Hände, hastete nun eilig davon.

Aber das Bild ging mit mir – und der Mangel, den sie, glaubhaft oder nicht, ausgedrückt hatte. Konnte man denn an so einem schönen Tag die Stadt nicht einmal unbehelligt genießen. Die Leute saßen im Straßencafé unter dem Sonnenschirm und ließen es sich gut gehen, so als gäbe es die andere, die dunkle Seite der Medaille nicht.

In meinem beschäftigten Hirn schrieb ich nun einen Wunschzettel, wie ich ihn früher an das Christkind geschrieben hatte. Darauf stand ganz oben: Genug für alle! Und danach eine lange Liste mit einem ganz neuen Verteilungssystem. Durfte ich mit diesem Spinngewebe im Kopf mir jetzt einen Kaffee gönnen?

Vorgabe:
Nebelschwaden; Schuhanzieher; Gelegenheit; Brutkasten.

Urlaub, Ferien vom Ich. Ein Allgemeinplatz, der mich doch ein wenig in die Zange nimmt. Abstand nehmen – ja! Aber vor mir selber? Eine Sprosse tiefer begreife ich: Das Ich hat ja ganz schöne Ansprüche. Da braucht die manchmal doch darbende Seele eine Auszeit. Eine wunderbare Gelegenheit, das immer zu entfernt scheinende endlich einmal wirklich zu wollen – und zu tun. Aber sofort steigen Nebelschwaden in mir auf, verhindern die klare Sicht.

Ans Wasser oder in die Berge? Das ist jetzt nicht mehr die entscheidende Frage. Das Auto, bei diesen Temperaturen sowieso ein Brutkasten, lässt man wohl am besten in der Garage stehen; braucht ja sicher auch einmal Urlaub. Die Fragen, merke ich, werden dünner; das meiste Unkraut habe ich schon ausgerupft. Jetzt, denke ich, brauchte ich ein Instrument, so etwas wie einen Schuhanzieher, um in die richtige Idee einzusteigen, um sie mir anzuziehen.

Es dauert nicht lange, da steht das Phantasiegebilde vor mir wie eine Statue. Garnichts – (welch ein bescheidener Name) stellt es sich mit einer fast untertänigen Verbeugung vor, und ich begrüße sie, diese zerplatzte Seifenblase, mit tiefer Befreiung.

Vorgabe:
Zunge; Kragenweite; Futtertrog; Gutschein.

Wo hatte sie den nur hingesteckt. Das konnte so nicht weitergehen mit ihrem Gedächtnis. Entweder tägliches Training, oder so eine Art privates Archiv, in dem man sofort schriftlich hinterlegte, wo man was hin geräumt hatte. Ein kleines Notizbuch, immer griffbereit, das würde genügen. Und wenn man das dann auch nicht fände, wie diesen Gutschein jetzt?

Schranktür auf, Schranktür zu, Erika suchte an den unmöglichsten Orten. Dieses klug ausgewählte Geschenk, über das sie sich so gefreut hatte, konnte ja auch verfallen, und war doch bares Geld. Warum hatte sie ihn nicht gleich ins Portemonnaie gesteckt? War wohl zu groß. Und sie wollte sich auch noch eine Weile daran freuen, nicht festgelegt zu sein, die Überraschung noch vor sich zu haben. Denn das war ja gerade das Tolle an so einem Gutschein. Ihre Freundin hatte schon richtig überlegt, die ja sonst durchaus nicht in allen Ansichten ihre Kragenweite hatte. Aber es konnte ja auch nicht alles nahtlos zusammenpassen. Man steckte ja auch nicht seine Zunge in jeden Futtertrog, und wenn der noch so gut roch. Eine Freundschaft, die musste schon einiges aushalten können, musste elastisch sein, um nicht bei jeder Differenz zu reißen.

Erika lächelte nun bei ihrer Suche; ein elastisches Gedächtnis müsste man haben... Sie wiegte tänzerisch den Kopf hin und her. Ach – war es möglich? Da war er ja, der Vermisste, säuberlich in einem Briefumschlag mit dem Foto der Freundin. Eigentlich gar nicht so verkehrt. Verkehrt war nur das Erinnerungsloch, um das sie sich hilflos gedreht hatte.

Vorgabe:
Kellerfenster; Windmühle; Klimmzug; Elefant.

„Auf nieder, auf nieder, auf nieder." Das war nun wirklich Rekru-
tenDrill, was hier verlangt wurde; Liegestütz in einem solchen Tempo. Habe ich ja aber so gewollt, denke ich. Fit sein hat eben seinen
Preis. „Und vergessen sie das Atmen nicht!" Wie könnte ich, tue es
ja schon mit offenem Mund, damit möglichst viel reingeht. „Jetzt
eine kleine Entspannungspause, versuchen sie sich in sich selbst
auszuruhen." Stattdessen mache ich schon in Gedanken am Reck
den Klimmzug, den ich mir vorgenommen habe heute auszuprobie-
ren. „Auf geht's! Nun wieder in die Senkrechte. Die Füße fest im
Boden verankert drehen sich die Arme im Wechsel – zehnmal nach
vorne, zehnmal nach hinten und so fort, bis ihnen die Luft, bis ihnen
der Wind ausgeht. Denn in dieser Übung sind sie eine Windmühle."
Eine Windmühle? Nach kurzer Zeit fühle ich mich wie ein Elefant,
der seinen Rüssel nicht mehr heben kann. Also was ist nun mit der
Fitness?

Aber da helfen manchmal Bilder weiter, Erinnerungsbilder. Ich sehe
vor mir das Kellerfenster, den Ausstieg aus dem Luftschutzkeller,
diesen engen Schacht. Und das musste geübt werden, da herauszu-
steigen, musste geübt werden für den Ernstfall. Damals waren die
Arme ja noch um einiges kürzer, doch der Ausstieg gelang. Also
nach all dem außer Puste sein nachher doch noch den geplanten
Klimmzug?

Vorgabe:
Glückspilz; Befund; Maßarbeit; Beinbruch.

Eigentlich muss ich hier meinen Mund gar nicht auftun, denkt Benno. Der Doktor weiß das ja alles, weiß es sogar besser, also wozu? Was soll ich da schon berichten - den Hergang zum Beispiel? Das macht die Sache auch nicht besser. Der Gips allerdings, der ist natürlich lästig, mit dem muss ich mich wohl noch zusammenraufen. Und dieses Warten ist auch nicht meine Lieblingsbeschäftigung. Dabei dreht sich die Gedankenmühle wie von selbst, zerschneidet, zerstückelt, bis alles nur noch ein Brei ist; und der ist auch nicht leichter zu verdauen.

Ach, da kommt er ja. Endlich – der Mann mit dem weißen Kittel; und er lächelt sogar. Ein kurzer Händedruck, Benno reicht ihm die linke, und dann schon die erste Frage: „Wie haben sie das denn hingekriegt, so genau. Ich muss schon sagen, das ist ja fast Maßarbeit." „Hingekriegt, Herr Doktor? Wenn man sich die Knochen bricht, hat man doch vorher kein Konzept. Es passiert einfach so. Leider, leider." „Die Maßarbeit muss ich ihnen mal erklären. Wäre der Bruch nur einen Zentimeter weiter oben, hätte das eine aufwendige Operation erfordert. Sie sind also trotz allem noch ein Glückspilz. Der Befund ist so, dass sie in einigen Wochen wieder fit sind." „Dabei haben mir die Freunde am Flughafen noch Hals-und Beinbruch gewünscht. Wenn man in so einen großen Vogel steigt, weiß man ja nie. Nun ist es stattdessen der rechte Arm, nicht zu gebrauchen. Also eine Art Urlaubsverlängerung, und für einige Wochen nun ein Linkshänder, ganz privat natürlich." Der Doktor lächelt, hebt zum Abschied drohend den Zeigefinger. Zu Hause dann das Selbstgespräch. „Benno, ich rate dir, zieh dir mal einen weißen Kittel an und erkläre denen im Betrieb, was Maßarbeit ist: nämlich demnächst jeden Tag einen Zentimeter früher nach Hause gehen, du wirst sehen, das summiert sich."

Vorgabe:
Hundehütte; Betonklotz; Nummernschild; Prüfung.

„Weißt du, wieviel Sternlein stehen…" Lisa sitzt am Fenster, draußen ist es schon fast dunkel, und singt ihr Ins-Bett-gehen-Lied, das sie im Kindergarten gelernt hat. Dabei sucht sie am Himmel die vielen kleinen Punkte, die man am Tag gar nicht sehen kann, weil sie aus Licht gemacht sind. Und vor der Haustüre sieht sie noch etwas ganz Tolles: das Motorrad, das der Papa gekauft hat. Davon kann sie jetzt im Dunkeln aber nur die blitzenden Räder und das weiße Nummernschild erkennen. Die schwarzen Nummern will sie dann auswendig lernen, so wie das Lied von den Sternlein. Das geht ganz schnell. Und wenn sie dann das ganze Schild im Kopf hat, dann weiß sie immer genau, welches Motorrad dem Papa gehört. Aber das dauert noch ein bisschen. Der Papa muss es ja erst lernen damit zu fahren. Und dann muss er noch eine Prüfung machen, damit die Polizei auch gesehen hat, dass er es kann.

Lisa kann schon Fahrrad fahren. Da muss man aber keine Prüfung machen. Wenn man es nicht kann, dann fällt man hin. Das ist aber kein richtiger Unfall. Wenn es blutet, dann gibt es ein Pflaster aufs Knie, sonst gar nichts, auch keine Knolle. Sie hat den Papa gefragt, was das ist, eine Knolle. Nun weiß sie es. Da muss man, wenn man etwas falsch gemacht hat, Geld bezahlen.

Morgen will Lisa sich selbst ein großes Nummernschild für ihr Fahrrad machen. Und dann wird sie um den Betonklotz an ihrem Fahrradweg eine riesengroße Kurve fahren. Das ist nämlich der Polizist. Der steht da und passt auf, dass keine Autos auf dem Weg fahren. Und vor der blöden Hundehütte hat sie gar keine Angst mehr. Da ist ja kein Bello drin, der beißt, nur ein Haufen Sand fürs Glatteis.

Vorgabe:
Knoten; Serie; Turnhalle; Feiertag.

Manchmal sind die Türen verschlossen, man steht davor und kann es nicht verstehen. Wieso das nun wieder, es ist doch nicht etwa Sonntag? Wenn man Urlaub hat, ist ja jeder Tag ein Sonntag. Uta steht vor der Turnhalle, ist in ihrem Sportdress schon ganz auf Bewegung eingestellt. Und nun das! Da hilft auch ihr Klopfen nicht. Niemand ist zu sehen, alles ist still. Es ist ihr schon aufgefallen, dass es auf den Straßen auch ruhiger ist als sonst. Also muss doch etwas Besonderes sein. Sie versucht im Kopf den Kalender zu befragen. Aber der Urlaub hat da wohl alles ausradiert. Vielleicht ein Feiertag? Aber welcher? Sie überlegt. Jetzt hört sie von weit ein Singen, eine Musik. Eine Prozession, fährt es ihr durch den Sinn. Also doch ein Feiertag.

Verstimmt, denn die gute Laune ist verflogen, geht sie nach Hause. Und dann die zweite Überraschung. Nun ist ihr Schlüsselbund nicht zu finden - und alles Suchen hilft nicht – er ist weg. Sie muss also den Weg zur Turnhalle noch einmal gehen, ganz konzentriert, mit suchendem Blick. Es gibt Tage, da erlebt man eine ganze Serie von Pannen, da ist man schon auf das nächste Missgeschick gefasst. Wenn sie ihn nun nicht findet... Dann, dann: Nachbarn, der Hausmeister, Schlüsseldienst – die Problemlösungen purzeln durcheinander.

Die Augen, wie Antennen ausgefahren, sieht Uta nun von weitem einen kleinen Farbfleck. Es sieht so aus, als sei er in die Luft gehängt. Im Näherkommen erkennt sie diesen Fleck an einem Zaun irgendwie befestigt. Schon ganz neugierig muss sie das doch einmal genauer anschauen. Und das ist jetzt die größte Überraschung. In einem bunten Taschentuch steckt gut sichtbar ihr Schlüsselbund und ist mit einem Knoten am Zaun festgebunden.

Sagt man nicht als Gedächtnishilfe: Einen Knoten ins Taschentuch machen? Nun hat jemand, den sie gar nicht kennt, das für sie getan. Aber wer hat überhaupt noch ein Taschentuch aus Stoff? Da ist doch nur noch Tempo, Tempo – nur noch alles zum Wegwerfen. Aber dabei sollten die Gedanken nicht stehen bleiben. Uta ist nun hellwach; diese Panne, denkt sie, das ist jedenfalls nichts zum Wegwerfen, sie hat mich heute wieder das Staunen gelehrt.

Vorgabe:
Großeinsatz; Gewinn; Trompete; Gunst.

„Ist das nun eine Wohnungsauflösung oder ein Umzug?" So wurde ich von meinen Nachbarn schon einige Male gefragt. In meiner frohen Stimmung sprudelte ich heraus: „Von jedem ein bisschen." Das war für die, die fragten, natürlich eine Auskunft, die alles offen ließ. Und sie hätten doch so gerne mehr gewusst. Da stehen Möbel an der Straße, es werden Sachen abgeholt, und was letztendlich übrig bleibt für den Umzug, das klärt sich auch in mir selbst erst allmählich.

Alles in allem ein Großeinsatz. Und das nicht etwa, weil viele helfende Hände daran beteiligt sind. Nein, ich alleine bin es, der ihn zu leisten hat. Aber, es geht wie von selbst. Die Freude über den großen Gewinn, mit dem ich mir ein neues Zuhause gekauft habe, verleiht mir Flügel, macht mich stark. Und diese überschäumende Freude über die überraschende Gunst des Schicksals hätte ich gerne mit einer Trompete in alle Winde geblasen – und tue nun genau das Gegenteil: ich verschließe meinen Mund und meine Tür vor Neugier und Neid.

Vorgabe:
Sofakissen; Kosename; Kleingeld; Fuchsbau.

„Wo bist du Tim?" Keine Antwort. Wir spielen Verstecken. Dieses Spiel liebt er ganz besonders: mein Rufen und sein Schweigen. Ich überlege, ist gar nicht so dumm, er übt die Verweigerung, ist nicht verfügbar.

„Timmi," das ist sein Kosename, „Wenn du nicht antwortest, kann ich dich ja überhaupt nicht finden." Jetzt gluckst und kichert es unter dem großen Sofakissen. Und das kleine Schwänzchen von seinem Kuscheltier, von dem man nicht genau weiß, ob es ein Hund oder ein Hase ist (ich habe es selbst gebastelt) guckt an einer Ecke hervor. „Ja, wer hat sich denn da in dem Fuchsbau verkrochen?" Ich zupfe ganz leicht an dem Schwänzchen, da hebt sich ein wenig das Kissen und die kleine Hand schleudert entschlossen Kupfermünzen heraus. Kleingeld, es sind Pfennige, die keinen Wert mehr haben, die ich Tim zum Spielen gegeben habe. Und nun kommt der ganze Timmi zum Vorschein und sagt: „Jetzt habe ich aber bezahlt, dass du mich gefunden hast." Welche Logik!

Vorgabe:
Wundertüte; Käfig; Ordnungshüter; Draufgänger.

Hauptgeschäftsstraße in K. Eilen, Drängen Gestoßen-werden. Hier trägt man sein Geld besser in der Innentasche, denke ich. Wenn man den Blick hebt, sieht man nur Köpfe. Wenn man ihn senkt, sieht man nur Füße und Beine. Dazwischen bohren sich die Blicke, die gekonnten, oder soll ich sagen: die geschulten, die ihre Opfer suchen. Geld, das wissen sie, ist in allen Taschen. Aber wo ist eine Lücke in der Konzentration? Da hinten, die alte Frau mit dem Stock vielleicht? Oder das verliebte junge Paar, ganz mit sich selbst beschäftigt, die Umhängetasche baumelt lässig und ohne Beachtung von der Schulter...

Und dann dieser Schrei. Der Menschenfluss kommt zum Stehen, bildet einen Kreis, eine Mauer um etwas, das geschieht. Opfer und Täter scheinen eingeschlossen, es gibt kein Entkommen. Aber nun plötzlich ein Ordnungshüter, wie vom Himmel gefallen, bahnt sich den Weg in die Mitte. Das geht alles sehr schnell, ein gekonnter Griff – und die Handschellen schnappen zu.

Ich höre vom Rande des Geschehens: „Du wanderst jetzt erst mal in den Käfig, da kannst du deinen Sport treiben. Und ein Draufgänger scheinst du auch nicht zu sein, sonst hättest du dir nicht so ein schwaches Opfer ausgesucht." Ein barmherziger Samariter trägt die alte Frau zu einer Bank und schon kommt der Krankenwagen.

Ich versuche diesen Schrecken zu verdauen. So ist das Leben. Ich glaubte immer an eine Wundertüte. Überraschungen ja, aber offensichtlich nicht nur gute. Es ist immer Plus und Minus drin, in dieser Tüte. Das ist nun ein Denkanstoß, den ich mir nicht selbst gewählt, nicht ausgesucht habe.

Vorgabe:
Lärmpegel; Wasserleitung; Sternstunde; Leiterwagen.

Wieder einmal kaum auszuhalten, es dröhnt von allen Seiten. Motorradknattern, Lastwagen mit ihrem dumpfen Rollen, Hupen, dazwischen die tiefen Bässe aus einem Autoradio, und darüber, ganz dominant, ein Presslufthammer; versucht wohl den Rohrbruch an der Wasserleitung zu finden. Die Arbeiter stehen ja schon in einem kleinen See, der sich schnell ausbreitet. Und nun auch noch Tatütata, der Rettungswagen. Hat gerade noch gefehlt in dem gewaltigen Krachorchester. Ein Lärmpegel, den man einmal messen sollte.

Ein tolles Wohngebiet, denke ich verärgert. Den Balkon hätte man sich sparen können, ist ja nur mit Hörschutz zu benutzen. Aber dann plötzlich ein anderes Geräusch: Pferdegetrappel, ruhig, ganz gemächlich, begleitet von fröhlichem Singen. Vier Pferde ziehen einen großen Leiterwagen, mit Planen bespannt, unter denen eine frohe Gesellschaft sitzt, sich ins Grüne fahren lässt.

Ich staune und begreife: in all der Hektik, dem Dröhnen und Brausen, eine andere Gangart – für die, die dort im Wagen singen, eine Sternstunde – selbstgemacht.

Vorgabe:
Muschel; Stecknadel; Unkraut; Kruste.

Sommer, herrlicher Sommer! Das bedeutet für mich immer auch Garten, heißt hacken, säen, jäten und ernten. Ganz an der Basis, sozusagen am Boden des Lebens zu sein, es sehen, beobachten und ein bisschen auch steuern zu können, damit, so fühle ich, bin ich ganz nah dran. Dieses winzige Samenkorn in meiner Hand, ein Geheimnis. Ich betrachte es wie ein wunderbares Vermächtnis, denn was trägt es doch verborgen alles in sich! Zuerst kommt da ein Blatt zum Vorschein, mit Spannung erwartet – ja, die Saat ist aufgegangen. Dann Blüte und zuletzt die Frucht. Und der Kochtopf ist - zumindest in meinem Kopf – immer dabei. Decke ich doch mit allem, was da durch meine Hände geht, auch mit jeder Erdkrume, wenn ich es zu Ende denke, meinen Tisch. Dabei ist das Wetter nicht immer ein verlässlicher Partner. Jetzt, zum Beispiel, wo ich jäten sollte, ist es viel zu trocken, die Erde eine harte Kruste. Ich muss also dem Unkraut noch zugestehen, dass es weiterwächst, dem nächsten Regen entgegen.

Erde in meiner Hand - das ist wie eine Verheißung. Und was finde ich da alles! Nicht nur Regenwürmer, die mir helfen die Krume zu lockern. Gestern schimmerte es plötzlich weiß und ich grub eine Muschel aus. Ein Gruß aus dem Meer, wie ist die bloß hier gelandet? Vielleicht einmal in einer Karre Sand versteckt? Wenn ich sie gesucht hätte, wäre sie die berühmte Stecknadel im Heuhaufen gewesen, die nicht zu finden ist.

Vorgabe:
Kompass; Minderheit; Sattel; Bimmelbahn.

Aufräumen, ja, das müsste sie mal wieder. Es war nötig. Als sie kürzlich etwas suchte, da war sie in einigen Schubladen auf ein Durcheinander, auf Chaos gestoßen. Wie entstand das eigentlich, war sie so unordentlich? Wohl alles eine Frage der Zeit. In der Eile stopfte man irgendetwas schnell weg, wo es nicht hingehörte. Schubladen sind der ideale Platz für diese kuriose Sammlung. Ingrid denkt: ein paar Handgriffe, dann ist da wieder Ordnung. Aber dann tauchen unter all dem Kleinkram ein paar alte Fotos auf und schon versinkt sie in Erinnerungen.

Ach, war das schön damals, der Schulausflug mit der Bimmelbahn. Die schwarze Dampflok zog uns gemächlich durch die Landschaft. In den Abteilen harte Holzbänke, dritte Klasse. Die zweite Klasse wurde nur von einer reichen Minderheit benutzt. Und außen, vor den Abteilen, gab es eine Plattform, das war so eine Art Balkon. Wenn der Zug voll besetzt war, standen hier manchmal die Fahrgäste draußen, ließen sich den Dampf um die Nase blasen. Ja, und der Lehrer hatte dann einen Kompass aus der Tasche gezogen und erklärt, wie er funktioniert.

Beim nächsten Foto muss Ingrid aber lachen. Da ist sie mit der Freundin Elisabeth zu sehen. Dieses Kleid, sie hatte es schon selbst genäht, unten Falten und oben einen Sattel bis zur Taille; das war damals ganz modern. Sie genießt es, noch einmal richtig einzusteigen in diese Zeit und in die Bimmelbahn.

Jetzt aber ein Blick auf die Uhr – eigentlich wollte ich ja noch... Ach, egal, es war schön, dieser Ausflug in die Vergangenheit.

Vorgabe:
Ventil; Stiefmutter; Armut; Bügeleisen.

Beim letzten Verwandtschaftstreffen, da war das alles noch einmal zur Sprache gekommen. Jonas atmet tief ein, man braucht schon etwas mehr Luft, um es noch einmal um-und aufzurühren und dann richtig und endgültig zu verdauen. So wie er jetzt lebt, ist er meilenweit entfernt von dem, was er in der Kindheit und Jugend vermisst hat. Oder doch nicht? Einige Stufen tiefer sieht das vielleicht anders aus. Da haften die Erinnerungen immer noch wie ein Makel. Diese Armut, diese einfachen, fast primitiven Verhältnisse, Vaters Arbeitslosigkeit, Krankheit und Not. Aber auch die andere Seite: diese sorgende, fleißige Stiefmutter; das totale Gegenteil von dem, wie sie in Märchen vorkommt.

Jonas schließt für einen Moment die Augen. Er sieht das alles wieder genau vor sich. Neben dem Haushalt und Familienpflichten wusch und bügelte sie für einen Hungerlohn, damit alle satt wurden. Und das ging nicht elektrisch damals. Da war ein Waschbrett und zwei eiserne Bügeleisen, auf dem Kohleherd immer wieder aufgeheizt. Wo ist das eigentlich alles geblieben? Wäre heute eine Antiquität. Wahrscheinlich bei der Haushaltauflösung im Müll gelandet. Der Müllplatz, der war ja das Ventil gewesen, wo man glaubte diese dürftige Lebensphase begraben zu können. Und nun ist sie noch einmal auferstanden in mir, denkt Jonas. Und es fällt ihm das Gebet ein, das die Stiefmutter immer vor dem Gute-Nachtsagen sprach. Das war damals ein Anker, ein starkes Tau, damit konnte man schlafen. Vielleicht immer noch so ein Halteseil, das auch zu meinem Wohlstand passen könnte?

Vorgabe:
Pferdegalopp; Schmierseife; Nudelholz; Mitternacht.

Sagt man nicht Träume sind Schäume? Was ja bedeutet, ich muss sie nicht ernst nehmen, sie vergehen wie sie gekommen sind. Aber dieser Traum wird noch eine Weile bei mir bleiben, wird mit mir gehen durch den Tag.

Ich bin aufgewacht noch ganz im Bann des erlebten Geschehens. Ein Blick auf die Uhr. Nein, es ist nicht Morgen, ist erst Mitternacht. Und das, was ich gerade schmerzhaft erlebt habe, war ja nur ein Traum. Dieser rasante Pferdegalopp, und ich ohne Sattel auf dem wilden Gaul. Hatte ich nicht schon immer Angst vor Pferden, vor ihrem unbändigen Temperament? Und dann – ich konnte mich nicht halten – der Sturz. Und der Schmerz, ich habe ihn wirklich gespürt, im Schlaf gespürt.

Wie ich auf den Behandlungstisch gekommen bin, das hat er mir verschwiegen, dieser Traum. Aber was dann geschah, da konnte ich mich nur wundern und fügen. Gesehen habe ich zwei Hände, sie waren sehr groß. Und mein ganzer Körper wurde von diesen Pranken mit Schmierseife eingerieben. Danach kam aber erst die eigentliche Behandlung mit einem Nudelholz. Das war ein Walken und Walzen von oben bis unten. Erstaunlicherweise tat es nicht weh, eher gut. Das Ergebnis war verblüffend, war – wie konnte es anders sein – eine Traumfigur. Ich war überrascht über meine neue Gestalt, war sehr glücklich.

Nun, wieder hellwach, versuche ich diese Botschaft tief aus mir selbst, aus meinem großen inneren Bilderarchiv und mir alleine zugedacht, zu übersetzen, versuche sie in meinem Alltag zu leben. Sagt sie mir doch: Da sind zwei starke Hände, die es schaffen.

Vorgabe:
Lastwagen; Durchgang; Ernte; Dieb.

Es gibt Ereignisse, die möchte man gerne in eine andere Zeit ver-
pflanzen, nämlich dorthin, wo sie ihren Platz wie selbstverständlich
einnehmen, so wie ein Mosaiksteinchen im Gesamtbild. So hätte ich
mir die folgende Geschichte eher in einer Notzeit, zum Beispiel im
Krieg vorstellen können. Wo einer, der etwas nimmt wie sein eige-
nes, nur um zu überleben, kaum beachtet wird; ist er doch einer
von vielen. Diese hier ist aber eine Wohlstandsgeschichte.

Es fing alles an mit einem Lastwagen. E., der ihn fuhr, tat das in eigener Regie; er war sozusagen selbständig. Doch niemand wusste,
was er eigentlich transportierte, auch nicht von wo nach wohin. Die
Frage, wie er denn plötzlich zu diesem Lastwagen gekommen sei (er
war lange arbeitslos gewesen) beantwortete er lachend: „Habe ich
organisiert." Das ging so eine ganze Weile, man hatte sich schon an
seine neue Tätigkeit gewöhnt und fragte nicht mehr. Doch dann
wurde es von Mund zu Mund weitergereicht, was der Besitzer einer
kleinen Obstfarm, auf besondere Sorten spezialisiert, einem Kunden
anvertraut hatte.

Es fehlten ihm fast täglich einige Kisten Obst, mal diese, mal jene
Sorte. Als die Ernte noch in vollem Gange war, habe er das zunächst
nicht bemerkt. Nun hoffe er, dass er den Dieb irgendwann erwi-
sche. Und das geschah im dritten Durchgang, wie der Obstbauer es
nannte. Zweimal sei er zu langsam gewesen, habe gerade noch gesehen, wie ein Lastwagen vor seinem Tor abfuhr. Beim dritten Mal
habe er ohne Argwohn zugeschaut, wie ein Mann zwei Obstkisten
nahm, ganz gemächlich, so als kaufe er in einem Selbstbedienungs-
laden ein, und sie weggetragen habe. Er habe hinterher gerufen und
die Antwort war: „Ich komme gleich und bezahle." Diesmal stand

der Lastwagen hinter der Hecke und fuhr sofort ab. Nun wisse er endlich, wer das sei, der bei ihm gratis einkaufe.

Das ist die Geschichte von E., dem Transportfachmann mit dem doppelten Boden. Denn diese selbstgebastelte praktische Vorrichtung fand man später im Lastwagen. Geheimtransport von X nach Y.

Niemand konnte mir sagen, wie sie zu Ende ging, denn E. war plötzlich verschwunden. Den Lastwagen fand man einige Kilometer weiter – herrenlos…

Vorgabe:
Rückgrat; Mengenrabatt; Heizung; Erbsensuppe.

„Nun ist es aber die höchste Zeit mit den Verwöhn-Temperaturen aufzuhören, es ist Mai, da schaltet man doch die Heizung ab." Frau Kannich sagt es verärgert zu ihrem Mann, der sich seinen Sessel noch etwas näher an die Wärmequelle gerückt hatte. „Geh nach draußen in die Sonne, die heizt ganz umsonst, kostet keinen Cent." „Da hab ich ja meinen Sessel nicht, ist doch hier viel gemütlicher." Herr Kannich seufzt. „Du hast wohl noch nie etwas von Energiesparen gehört. Eine Möglichkeit ist, sie selbst zu erzeugen, indem man sich bewegt. Wenn du laufen würdest, dann kämen einige Watt zusammen, könntest sie ins Netz einspeisen und damit noch verdienen." „Verdienen kann man auch, wenn man mehr verbraucht; dann gibt's nämlich Mengenrabatt. Aber wenn du unbedingt sparen willst, dann denk mal an deine Tiefkühltruhe, die schluckt ja einiges. Die Erbsensuppe und das ganze Zeug, was du immer einfrierst, würden frisch gekocht auch viel besser schmecken, als monatelang künstlich gestorben und dann wieder auferstanden. Achtzehn Grad minus, weißt du was das kostet?"

Jetzt seufzt Frau Kannich. „Weißt du was, jetzt ist mir das alles egal. Man kann schließlich nicht immer und in allen Situationen Rückgrat zeigen." Und plötzlich ist es ganz still. Der Frieden ist bei Kannichs wieder eingekehrt.

Vorgabe:
Wintermantel; Restaurant; Etui; Angelhaken.

Diese Einladung – toll! Doris macht vor dem Spiegel einen Hüpfer – einfach toll, dass er sich auf diese Weise bei mir bedanken will, eine Superidee! Und dann auch noch in dieses exklusive Restaurant. Da muss ich mich natürlich schick machen. Schnell ein Blick aufs Thermometer, oh, eisig kalt, aber gerade recht, da kann ich den neuen Wintermantel einweihen. Der wunderbare Pelzkragen passt genau zu diesem Klasserestaurant. Ja, und die schwarze Kuvert-tasche sieht gut dazu aus; ein dickes Portemonnaie brauche ich ja nicht. Ansgar ist der Gastgeber, hat mit Sicherheit auch den pralleren Geldbeutel. Und das Etui, das schöne für die Brille mit dem Goldrand – das geht gerade noch hinein. Wer weiß, was es Spitzfindiges zu essen gibt, da muss man schon genau hingucken.

Noch zwei Stunden bis zu meinem Auftritt. Zeit genug, sich zu präparieren. Ein kurzes Bad, Gesichtsmaske, Make-up. Denn das ist doch der Angelhaken, dass ich wirklich zu diesem Supermann passe, wenigstens mal erst von außen betrachtet.

Jetzt auch noch das Telefon. Ansgars Stimme fährt wie ein Blitz in ihre Phantasie. „Es tut mir leid, wir müssen unser Treffen verschieben. Ich muss gleich nach U., habe ich nicht mit gerechnet, und ich bin erst in drei Wochen zurück." Der Hörer wiegt nun schwer, sinkt nach unten... Und Ansgar hört nur noch wie von weitem und unter Schluchzen: „Gute Reise."

Vorgabe:
Bratpfanne; Handarbeit; Landkarte; Wurzel.

Dieser Markt in P., das war schon fast eine Sehenswürdigkeit,; was man da alles entdecken – und natürlich auch kaufen konnte. Er war zwar nicht gerade mal eben um die Ecke. Aber einmal im Monat lohnte sich die Anfahrt doch. Diesmal wollte ich mit Iris, einer guten Bekannten, hinfahren. Vorsorglich hatte ich noch die Landkarte befragt, denn Iris fuhr nicht gerne auf der Autobahn. Das Wetter war prächtig, so richtig zum Bummeln und Genießen, und das hatten wir uns ja vorgenommen. Aber – auch in dieser Geschichte gibt es ein Aber – leider blieb nicht alles so ungetrübt.

In P. angekommen, das Auto günstig und sicher geparkt, verschlug es uns die Sprache. Einen solchen Volksauflauf hatte ich hier noch nicht erlebt; fast wurde man geschoben. Iris reagierte gelassen: „Ist eben ein Marktplatz, hier wird gehandelt und das Geld muss ja rollen." „Na, hoffentlich in die richtige Richtung," war meine Antwort. Und schon lag mein kleiner Rucksack, den mir wohl jemand abstreifen wollte, auf dem Boden – und damit mein Geld natürlich auch. Niemand achtete darauf, man trampelte darüber wie über irgendeinen Abfall. Das Übel an der Wurzel zu packen hätte bedeutet, mich frei zu boxen. Doch das wäre wohl Körperverletzung. So boxte ich mit meiner Stimme, ich schrie. Und das half. Ich konnte das ziemlich demolierte gute Stück aufheben und wir ruderten durch die Menge irgendwohin an den Rand des Marktes. „Na, das ist ja nochmal gut gegangen, wenigstens hast du dein Geld gerettet." Iris meinte es gut, doch ich war traurig und zugleich schon auf das nächste Abenteuer gefasst. „Guck mal da hinten," Iris steuerte entschlossen einen Stand an, wo Kochgeschirr angeboten wurde. Der Verkäufer hatte sich einen Topf als Hut aufgesetzt, und diese Werbung funktionierte, es wurde gekauft. „Alles Handarbeit" rief er immer wieder. Handarbeit – fuhr es mir durch den Sinn – mein

Großvater war Schmied, der konnte das auch. Eine Bratpfanne, eine handgeschmiedete, könnte ich noch gebrauchen. Und das war nun das zweite Malheur. Ich erstand sie, reichte einen großen Schein und erhielt nur einige Münzen zurück. Der Topfmensch aber ließ sich nicht von seinem Irrtum überzeugen. „Teure Bratpfanne, sehr teure Bratpfanne" sagte ich wütend. Mehr konnte ich nicht tun.

Bei der Heimfahrt im Auto dann wir beide einstimmig: „Nie wieder, nie, nie!"

Vorgabe:
Auskunft; Ausland; Wasserwaage; Sonnenbrille.

„Ja das ist aber ein Zufall, dich hier zu sehen! Grüß dich Vetter Schorsch! Da ist man verwandt und sieht sich nur alle Jubeljahre mal, am ehesten vielleicht bei einer Beerdigung." Hannes streckt beide Hände aus. „Wo geht's denn hin?" „Mal wieder ins Ausland, in der letzten Zeit immer öfter; die Handelsbeziehungen boomen." „Ausland? Das ist doch inzwischen alles Inland, die Welt ist doch ein Dorf geworden." „Ein bisschen schon." Schorsch sieht nervös auf die Uhr. „Der Flieger scheint Verspätung zu haben, war aber bei der Auskunft nicht zu erfahren. Und was machst du hier?" Ich bin ein biederer Dorfbewohner, ein Reisemuffel, hole nur unsere jüngste Tochter ab, die ist auch ständig in der Luft." „Ach die Eva, was macht sie denn beruflich?" „Scheinbar das gleiche wie du, sie pflegt Handelsbeziehungen." Hannes lacht. „Jetzt hab ich mich aber vornehm ausgedrückt." Schorsch, immer nervöser, nimmt jetzt die Sonnenbrille ab, blinzelt auf die Uhr. Hannes, auf ihn zugehend, meint dazu: „Das ist aber schön, dass du das dunkle Fenster mal runter nimmst, da kann ich dir doch mal richtig in die Augen schauen." Schorsch seufzt. „Ich glaube, du hast es genau auf den Punkt gebracht. Weißt du, wenn man dauernd von ganz fremden Menschen umgeben ist, dann will man diesen Augenkontakt gar nicht. Ist also ein Abschirmungssystem, das übrigens ganz modern ist." Er bückt sich und rückt einen Riemen an seinem Gepäck zurecht. „Das kann ich nicht ausstehen, wenn der nicht genau in der Mitte ist." „Na, dann solltest du dir eine Wasserwaage mitnehmen, kriegt man sogar im Taschenformat, was Genaueres gibt's nicht."

Ein herzliches Lachen auf beiden Seiten, dann geht alles sehr schnell. Der Flieger ist da. Schorsch muss gehen und Eva kommt. Noch winkende Hände und ab geht's ins Blaue.

Vorgabe:
Ameise; Graben; Brechstange; Nieselregen.

Muss das nun wieder sein, ausgerechnet heute, dieses scheußliche Wetter. Für Erdarbeiten unter freiem Himmel wirklich super! Da stehen wir dann nachher sicher im Schlamm. Und dann auch noch dieser durchdringende Nieselregen. Muss mir eine zweite Haut aus Plastik überziehen; das ist dann gleichzeitig Sauna. Immerhin - schon mal zwei Fliegen mit einer Klappe. Nur keinen Unmut, denke ich. Heiner will mir ja helfen, mir, dem schwachen Geschlecht, wie er lachend verkündet hat. Aber er ist noch nicht da. Hat er vielleicht verschlafen? "„Mein lieber Heiner" das sage ich jetzt aber laut „Morgenstund hat Gold im Mund." Soll ich mal anrufen? Ist mir peinlich. Er ist so großzügig, tut es aus Gefälligkeit.

Also im Schuppen Hacken und Schaufeln holen, tun als ob. Und das war scheinbar der Startschuss, denn plötzlich steht er da. Aber nicht gerade in heiterster Laune – und wie ich in Plastik verpackt. Er sagt: „Du, ich habe mir überlegt, du hättest einen kleinen Bagger mieten sollen, kostet gar nicht so viel." „Habe ich ja versucht, gab es aber nicht, waren alle zu breit. Diese schmale Drainagerille kann man ja kaum als Graben bezeichnen. Da muss man eben fleißig sein wie eine Ameise. Mit der Brechstange, mit Hauruck ist da nichts zu machen. Können wir uns vielleicht darauf einigen, es als Ausdauersport hinter uns zu bringen, sozusagen im Fitnessstudio inclusive Sauna?" Heiner lacht jetzt schallend, umarmt mich herzlich und dann geht's los.

Am Abend, wir haben es geschafft, bemerken wir es beide: das war ganz nebenbei, ohne Kalorienrechnerei eine Schlankheitskur – der Hosenbund schlackert schon ein bisschen

Vorgabe:
Willkür; Kleeblatt; Türgriff; Brückenpfeiler.

Sie waren ihr schon einige Male aufgefallen, herumlungernd, schienen auf irgendeine Weise zusammen zu gehören, und sei es auch noch so verkehrt, was sie verband. Hier in der Fußgängerzone war einiges los und solche Typen gingen in der Menge unter. Diesmal zuckt Marga unwillkürlich zusammen, als sie sie entdeckt. Da ist es wieder, dieses Kleeblatt, entfährt es ihr leise. Aber, nun muss sie lachen über ihren Einfall, kein vierblättriges, das würde ja Glück bedeuten. Diese drei jungen Kerle sehen aus – die Schlägerkappen schief auf dem Ohr – als seien sie mit Kraft vollgestopft, und das kann jeden Moment losgehen, aus purer Willkür. Denn Langeweile und dieses Kraftpotential, das verträgt sich nicht. Ein kleiner Anlass würde genügen. Da macht man besser einen großen Bogen darum. Dort an der linken Seite, da ist es etwas übersichtlicher, und das ist auch der nächste Weg zum Kaufhaus.

Noch ganz in ihren Gedanken gefangen strebt Marga dem Eingang zu und wäre fast an ihr vorbei gelaufen, der netten Nachbarin, die ihr den Türgriff sozusagen in die Hand gibt. Ein kleiner Schwatz zwischen Tür und Angel, man hat sich ja einige Tage nicht gesehen, in dem Marga auch von ihrer Beobachtung erzählt, verstimmt sie ein wenig. Denn die Antwort ist: „Das darf man nicht alles so negativ sehen. Wenn man diese Sicht kultiviert, dann steht man aber alleine da."

Marga denkt, behält es aber für sich: Das macht nichts, Hauptsache man steht fest, so wie ein Brückenpfeiler in den Fluss gerammt. Und mit diesem Bild vor Augen gelingt ihr vor dem Auseinandergehen sogar ein Lächeln.

Vorgabe:
Rahmen; Krückstock; Siegel; Briefumschlag.

Immer dieses Muss im Rücken, wie ein Rucksack, der schwer beladen ist. Warum nicht freiwillig tun, aus purer Lust, wäre doch viel einfacher. Eben nicht! Es ist tatsächlich, als brauchte man einen Krückstock, um aufrecht gehen zu können. Swenja pfeift ihren Unmut durch die Zähne. Klingt nicht schlecht, fast wie ein Anpfiff; so, aber jetzt geht's los! Dieser Brief ist nicht einfach. Seit Tagen formuliert sie im Kopf daran herum. Es muss stimmen, muss authentisch sein, was sie zu Papier bringt, sonst kommt das nicht dort an, wo es hin soll. Und nicht nur der Inhalt muss überzeugen, auch der Rahmen ist wichtig.

Ja, da ist doch die tolle Papeterie, die sie zu Weihnachten bekommen hat. Weißes Bütten mit Wasserzeichen. Schon fast vergessen, dieses Geschenk. Wann braucht man denn so etwas Besonderes noch. Auf so einem Papier Computerschrift? Passt eigentlich nicht. Müsste ich also mit der Hand... Wird ja immer schwieriger, das alles. Aber, da fällt ihr das Gedicht ein, das sie einmal schrieb, damals – ja, damals, da war das eine ganz andere Stimmung, da hieß es: der stille Platz im milden Lampenschimmer... Vielleicht konnte man diese Stimmung ja wieder wachrufen.

Und dann tatsächlich. Mit diesen Gedichtzeilen im Kopf kommen die Worte wie von selbst, die sie braucht. Swenja seufzt. Fertig! Und warum war das so schwer? Und jetzt der schöne Briefumschlag, natürlich gefüttert und zuletzt als Krönung das Siegel. Ganz selten in dieser hektischen Zeit, aber doch ein überzeugender Schlusspunkt: Die Versicherung, es gilt, für dich und für mich.

Vorgabe:
Papierkorb; Wespennest; Gratwanderung; Wanderweg.

„Diese Papierflut, Werbung, Werbung, Werbung. Da nützt auch der
Aufkleber „Bitte keine" nichts, scheinbar sind das Analphabeten,
können nicht lesen. Man sollte die Klappe am Briefkasten einfach
zukleben, dann ist Schluss mit dem Spuk." Ich bin wütend. „Unsinn"
sagt Bärbel, die mir heute wieder einmal hilft Ordnung zu machen
in meinem Vielerlei. „Du wartest doch auf Bescheid, bist nervös,
weil es so lange dauert. Soll der Brief denn auf der Straße landen,
oder was noch schlimmer wäre, zurückgehen? Annahme verwei-
gert, heißt es dann. Würde ja keiner verstehen. Im Übrigen ist deine
Bewerbung ja auch eine Art von Werbung. Du wirbst zwar für dich
und nicht für irgendeinen Käse, aber wo ist da genau der Unter-
schied?"

„Habe ich keine Lust darüber nachzudenken" sage ich gereizt, zer-
reiße derweil den ganzen Wust von Käseblättchen, wie ich sie immer nenne – der Papierkorb ist schon halb voll, und ich fühle, wie
mir dabei wohler wird. Das ist eben meine Strategie von Verteidi-
gung gegen diese Offensive, denke ich. Aber Bärbel legt noch eine
Schippe nach: „Du wolltest doch immer Werbefachfrau werden,
erinnere ich mich. Da hat sich aber einiges geändert bei dir." „Vergangenheit" bringe ich gerade noch heraus. Merke, dass es in mir zu
brausen beginnt. Nein, denke ich, du bist kein Wespennest, du ver-
trägst dieses Stochern, musst nicht zurückstechen."

Dabei sehe ich vor mir den schönen Wanderweg, den ich gerade
zerrissen habe, den auf dem Papier gedruckten. Also habe ich wohl
doch mal hingeschaut auf diese verachtete Werbung, sage fast fröhlich zu Bärbel, die mir den vollen Papierkorb schon aus der Hand
nimmt: „So, jetzt habe ich mich aber gründlich befreit. Weißt du, ich
denke, Dinge die in der Schwebe sind, wie jetzt bei mir, die sollte

man nicht strapazieren, das ist nämlich eine Gratwanderung, da kann man auch abstürzen. Bei diesem elenden Warten, da braucht man eher ein Geländer." Bärbel sieht mich erschrocken an. „So habe ich es gar nicht gemeint," sagt sie und geht entschlossen mit all meinen Schnipseln zum Müllcontainer. Also doch auf meiner Seite? Die Frage schwebt, wie alles im Moment.

Vorgabe:
Handstand; Kerze; Hagelschauer; Wunschkonzert.

„Zeig mal, was du schon kannst, mach mal einen Handstand, hier auf der Wiese." Victor sagt es zu Luca, seinem Jüngsten, denkt: müsste ja ganz aus der Art geschlagen sein, wenn er das nicht schafft; ich konnte das jedenfalls schon mit sechs. Doch Luca steht unschlüssig da, weiß nicht, soll er wirklich, wenn er das dann nicht schafft... „Los, nun mach schon!" Der Papa ist aber heute wieder – also gut. Ein kleiner Anlauf, und sofort die Bauchlandung. „Komm, ich zeig dir mal, wie das geht." Victor steht sofort auf den Händen und zählt sogar bis zehn. Dann zu Luca: „Du kannst das genauso." „Kann ich vielleicht, will ich aber nicht." Luca denkt: Immer ich, die Elena, die fragt er nicht, und die kann viel mehr, weil sie älter ist. „Aha, du willst nicht, dann mach wenigstens mal die Kerze, die geht leichter." Luca guckt überrascht, „die Kerze, die mach ich erst Weihnachten, das geht ganz leicht, hab ich letztes Jahr auch ge- macht für die Oma. Das geht aber nicht hier auf der Wiese, und da braucht man echtes Bienenwachs." Victor lacht schallend, denkt zufrieden, der hat's faustdick hinter den Ohren, also doch nicht aus der Art geschlagen.

Und dann spielen Vater und Sohn Nachlaufen und Bockspringen. „Wenn es dir zu heiß wird, dann spielen wir nachher Feuerwehr mit dem Schlauch, oder" er guckt zum Himmel, sieht die schwarze Wol- ke, „vielleicht ist das gar nicht nötig, gleich kommt ein Guss von oben." Gesagt, und schon geht es los. Sie flüchten schnell ins Gar- tenhäuschen. Es trommelt aufs Dach. „Papa, das ist aber kein Re- gen, da kann ich mich nicht abkühlen." „Das ist ein Hagelschauer, das sind Eisklumpen, davon würdest du blaue Flecken bekommen. Hör mal, wie das trommelt, das ist kein Wunschkonzert." Luca nickt, „das ist Hagelmusik, die hab ich mir auch gar nicht gewünscht."

Vorgabe:
Hochspannung; Haarfarbe; Eintrittskarte; Frosch.

Ein runder Geburtstag, besser gesagt ein hochrunder, und damit ist noch nichts verraten. Oda mag es nicht, damit so viel Aufhebens zu machen; „Ist nur eine Zahl." Damit ist das Thema für sie erledigt. Große Einladung, Gratulationen, Festessen und was da meistens veranstaltet wird, das sind Aktivitäten für Leute mit einem dicken Geldbeutel. „Muss nicht sein" ist ihr kurzes Argument, wenn Frieder, ihr Mann, ab und zu bohrt, wie er es nennt. Aber wie geht man damit um? Etwas Besonderes, was es sonst nicht gibt, würde er ihr zu diesem Tag doch gerne schenken. „Wünsch dir mal etwas, so ganz außer der Reihe," sagt er einige Tage vorher, insgeheim neugierig, was das wohl sein könnte. Oda überlegt gar nicht lange, meint dazu etwas zaghaft: „Ich weiß ja nicht, soll ich es sagen, worüber ich mich sehr freuen würde? Ein schönes Konzert, das wäre... Wir beide alleine, festlich gekleidet, ein Genuss ohne all das Drumherum, was sonst meistens inszeniert wird."

„O ja, da werde ich mich gleich morgen um die Eintrittskarte, natürlich zwei, bemühen." Und nun ist Oda in Hochspannung, die Vorfreude erfüllt sie ganz. Doch leider ist das Konzert schon seit Wochen ausverkauft. Diese Enttäuschung – es ihr jetzt schon sagen? Nein! Da muss etwas anderes, auch etwas Besonderes an diese leere Stelle. Frieder überlegt, dabei steigen seine eigenen Wünsche in ihm auf. Diese grauen Haare, an manchen Stellen schon weiß – da könnte man doch... Natürlich nicht beim Friseur, kann man doch alles selber machen, und wenn ich es tun muss. Und natürlich nicht rot oder schwarz, nein, so, wie sie immer war: dunkelblond.

Am nächsten Tag also der Gang in die Drogerie. „Ich hätte gerne Haarfarbe, dunkelblond, Vorrat für ein ganzes Jahr, wie viel brauche ich da?" Frieder sagt es wie einer, der sich ziemlich auskennt. Doch da kommt die Gegenfrage: „Welche Farbnummer?" „Oh, das weiß ich nicht. Dunkelblond ist doch dunkelblond." „Nicht ganz" Ist die Antwort. Jetzt wählt er, was er im Gedächtnis hat, so sah sie doch früher aus.

Am Geburtstag nun die große Überraschung. „Leider gibt es heute kein Konzert, dafür etwas ganz anderes, pack mal aus!" Frieder überreicht das Paket, von der Drogerie sehr hübsch verpackt. Aber das ist nun doch zu viel, was er sich da ausgedacht hat. Oda bricht in Tränen aus. „Wie soll ich das denn machen? Kann ich doch gar nicht." „Du kennst doch die Geschichte von dem Frosch, der in die Milch fiel. Er strampelte und strampelte, bis daraus ein Butterberg wurde. Auf dem konnte er dann heraussteigen. Und das werden wir heute gemeinsam tun. Du wirst sehen, du bist nachher um einige Zahlen jünger." Oda lacht. Nein, ein Frosch ist sie doch nicht, jedenfalls nicht einer, der aufgibt. Sie weiß doch, was sie will. Und jetzt wird sie wollen, was Frieder sich da ausgedacht hat.

Vorgabe:
Liegestuhl; Mondsichel; Apfelkuchen; Parkbank.

„Mal sehen, was ich damit mache, ich weiß es noch nicht." Frau
Unger schwenkt den Brief unschlüssig in der Hand und geht kurz
zurückschauend in ihr Büro. Beschwerdebriefe, das ist immer eine
Sache für Sachbearbeiter. Da ist der Chef nicht für zuständig, meint
er jedenfalls. An ihrem Schreibtisch liest sie sich das alles noch einmal durch. Das ist schon fast ein Roman. Man sollte den Schreiber
mal einladen, denkt sie, um ihm klarzumachen, dass eine Behörde
kein Apparat ist, der Wunder fabriziert. Was denkt sich der eigentlich? Aber antworten muss man schon, und bitteschön freundlich!

Ein Blick auf die Uhr – ach, schon wieder Frühstückspause. Da kann
sich das alles, was ihr durch den Kopf geht, erst mal setzen. Und
jetzt ist das Stück Apfelkuchen dran, der Rest, dem sie gestern wi-
derstanden hat. Bei diesem Nörgelbrief ist das der verdiente Vor-
schuss, der gut tut. Aber mit gefülltem Magen denkt sich's nicht so
gut. Keine Ausrede bitte! Interne Selbstgespräche, nur für die eigenen Ohren bestimmt, gehören bei solchen Kniffeleien dazu. Also,
was ist nun, was will dieser Mensch? Natürlich, dass aufgeräumt
wird, möglichst schon gestern!

Der Hauptanklagepunkt ist ja die Parkbank, die mit Halbmonden
besprüht ist. Das sieht natürlich sehr fremdländisch aus, und so hat
der Schreiber es auch gedeutet. Alles nicht schön, muss auch wieder
verschwinden. Aber da fällt ihr jetzt etwas ganz anderes ein. Ist
zwar schon einige Jahre her, aber es passt hierhin. Die kleine Lilian,
sie war noch kaum ein Jahr alt, konnte noch keinen ganzen Satz
sprechen, sieht abends die helle Mondsichel am Himmel, hebt ihr
Ärmchen hoch und sagt: „Da, Banane." Frau Unger lacht, köstlich
diese Kinderphantasie, vergisst man nicht. Könnte sie ja eigentlich
dem Nörgler servieren: Was wollen sie eigentlich, sind doch Bana-

nen, die zwar auch nicht hier wachsen. Aber da ist ja auch noch der alte Liegestuhl, einfach so im Gebüsch entsorgt. Geht nicht, ist doch Naherholungsgebiet. Oder doch? Man könnte ihn ja einfach dort auf der Wiese aufstellen. Liegestuhl und Erholung, das ist doch ein Angebot. Also jetzt los:

Sehr geehrter Herr K., wir danken ihnen für ihr Schreiben vom... für die wertvollen Hinweise. Bürger, die mitdenken, sind eine immer willkommene Hilfe. Natürlich werden wir uns bemühen, die Ordnung schnellstmöglich wieder herzustellen, doch bedenken sie bitte, dass unsere Mittel begrenzt sind. Wir bitten also um etwas Geduld. Mit freundlichen Grüßen

Dieses Schreiben wurde maschinell erstellt und ist ohne Unterschrift gültig.

Frau Unger denkt erleichtert: also nicht i.A. wie ein Esel – alles ohne. Oh wie gut, dass niemand weiß, dass ich Rumpelstilzchen heiß...

Vorgabe:
Lohntüte; Programm; Purzelbaum; Lupe.

Nicht selten helfen Erinnerungen, wenn man eine Hürde vor sich sieht und nicht weiß, wie sie zu überwinden ist. Aber man muss sie gleichsam unter die Lupe nehmen, diese Erinnerungen, um die Frage zu bestehen: gilt das auch heute noch, jetzt in dieser Sache? Erinnerungen sind beständig, besonders die guten bleiben uns treu. Und doch verwandeln sie sich im Laufe der Jahre. Da rundet sich alles, die Ecken verschwinden, vielleicht haben wir sie auch inzwischen vergoldet.

Nun stehe ich vor diesem großen Programm. Zu groß, wie mir scheint, jedenfalls aus der jetzigen Perspektive. So muss ich mir wohl eine bessere beschaffen, einen anderen Blickwinkel, vielleicht aus einer anderen Zeit. Die Zukunft ist als Mut-macher wohl kaum dazu geeignet. Wo also suchen?

Und da ist es plötzlich, das Bild, das mich zum Lachen bringt: Dieser Purzelbaum, vor lauter Freude damals, als mir Ferienkind, fern von zu Hause, die erste Lohntüte in meinem Leben überreicht wird. Für Feldarbeit – es war Krieg, und jeder wurde gebraucht. Sie enthielt nicht viel, diese kleine Tüte, ein paar Münzen. Aber doch auch etwas, was man nicht sehen und greifen konnte. Ich fühlte mit meinen zehn Jahren damals Sinn und Bedeutung meines Tuns.

Und jetzt? Mit diesem frohen Bild, das die Zeiten, die Gezeiten, Ebbe und Flut des Lebens in mir überdauert hat, unterschreibe ich nun dieses anspruchsvolle Stück Papier – den Vertrag, überschreite meine Grenzen mit rosaroter Brille.

Vorgabe:
Eselsbrücke; Pinselstrich; Märchen ; Mutprobe.

Schon wieder, wie peinlich! Was denkt diese nette Nachbarin aus dem Haus gegenüber wohl von mir, dass ich ihren Namen schon wieder vergessen habe. Offensichtlich nicht viel, oder jedenfalls nichts Böses. Ich sage: „Helfen sie mir bitte." Aber sie lacht nur, winkt ab. „Ist nicht wichtig, wird ihnen schon wieder einfallen." Wir plaudern eine Weile miteinander, Alltägliches, was man so redet im Vorübergehen. Aber mein Vergessen beschäftigt mich noch länger. Ist eine Fehlleistung, denke ich. Wieso behalte ich denn andere Namen. Ich sage sie vor mich hin, alles ganz sympathische Leute, weiß plötzlich mein Gefühl. Und die, die ich nicht so mag? Ja, da ist es ähnlich wie bei dieser Nachbarin. Ist sie also doch nicht so nett?

Ich muss mir eine Eselsbrücke ausdenken. Aber dazu brauche ich doch diesen Namen, der sich jetzt in mir versteckt hält. Es ist fast wie im Märchen, wenn da jemand etwas nicht kann, nicht weiß, oder es verloren hat, dann muss er meist eine Mutprobe bestehen um es zu finden, zu entdecken. Und was bedeutet das hier in meiner Sache? Ich beschließe, einfach einen Namen zu erfinden. Mal sehen, wohin das führt. Da gibt es bei der nächsten Begegnung dann sicher etwas zu lachen. Das ist so ähnlich wie der erste Pinselstrich von einem Bild, man weiß nicht, was daraus wird. Die Vokale habe ich wohl doch gespeichert. Ein O und ein A war in diesem slawischen Namen. Ich brüte und brüte, aber da schlüpft noch nichts heraus.

Am nächsten Tag beim Fensterputzen sehe ich sie, die mich so im Kopf beschäftigt hat; sie schleppt eine schwere Einkaufstasche. „OH, die arme Frau Krokantzky," entfährt es mir mit Bedauern ganz laut. Und ich schmecke es nun auf der Zunge, was ich so gerne mag: Krokant. Damit ist nun auch die Eselsbrücke gefunden.

Vorgabe:
Entzündung; Hosenträger; Kriegserklärung; Kaffeesatz.

„Was für ein herrlicher Tag." Frau Klagemann sagt es mit einem ermunternden Blick zu ihrem Mann. Die Sonne scheint auf den gedeckten Frühstückstisch, alles ist in Licht getaucht. Aber, da gibt es auch Schatten.

„Herrlich" seufzt Herr Klagemann, „nicht bei mir!" „Was hast du denn jetzt schon wieder?" „Elende Schmerzen." Seine rechte Hand macht es deutlich, umkreist den beachtlichen Bauch. Die linke dehnt den strammen Hosenträger, denn der drückt wohl zusätzlich auf das Geschehen. „Ich kann jetzt nichts essen, das ist bestimmt eine Entzündung." Damit blickt er angewidert auf die Köstlichkeiten, die Frau Klagemann aufgetischt hat.

„Entzündung" sagt sie gereizt, „das ist nichts Schlimmes, das ist so eine Art Kriegserklärung des Körpers an alle Verkehrtheiten, die ihm widerfahren. Da wird aufgeräumt, sonst nichts. Sei doch nicht so zimperlich, hast du ja schließlich alles selbst gemacht. Das ist jedenfalls kein Schicksal, was man nicht ändern könnte. Ein Bier weniger, das wäre schon mal ein guter Anfang. Und damit sage ich: gute Besserung!"

Herr Klagemann räuspert sich aufgeregt. „Woher weißt du das eigentlich alles so genau? Sicher aus dem Kaffeesatz herausbuchstabiert!" Damit schielt er verstohlen nach den frischen Brötchen, dem selbstgekochten Brombeergelee und entlässt seinen Schmerz in einen erlösenden Seufzer.

Vorgabe:
Bahnsteig; Körper; Strohhalm; Klima.

Uh, gerade noch geschafft... Mit diesem schweren Rucksack und dann noch bei dieser miesen ausgetretenen Treppe zwei Stufen auf einmal genommen. Jutta keucht, ist ganz hinter Atem. Wieso hat diese kleine Bimmelbahn auf so kurzer Strecke so oft Verspätung. Ist ja noch von gestern. Oder ist der Lokführer so lahm? Ach, da steht er ja schon, der Anschlusszug, also keine Zeit für Überlegungen, na, hoffentlich... Schnell drückt sie auf den Öffnungsknopf der Tür, der zeigt Rot und bewegt nichts. Und jetzt fährt er doch einfach davon, dieser glatte, rote Automatikriese. Da ist kein Trittbrett, auf das man noch schnell springen könnte. Das war einmal in fernen Zeiten. Erschöpft, enttäuscht und wütend lässt Jutta sich auf die Bank fallen. Der Bahnsteig ist natürlich leer, da kann sie ihren Unmut mal laut werden lassen. Und das tut sie nun, denn der ICE nach München ist ja dann auch weg. Die Freunde werden warten und nach ihr suchen. Ja, sie muss jetzt schnell das Handy aus dem Rucksack kramen und –

Jutta hört Schritte, erstaunt, der nächste Zug fährt doch erst in einer Stunde; sie blickt sich um. Ein gut aussehender junger Mann – nein, Herr müsste man sagen, jedenfalls seiner Kleidung nach, steht vor ihr und fragt höflich: „Kann ich ihnen helfen? Ich habe gerade gesehen, dass ihnen der Zug davongefahren ist. Ich könnte sie vielleicht mit dem Wagen bringen. Wohin möchten oder müssen sie?" „Ich bin auf der Reise nach München. Meine Freunde erwarten mich in K." „Da kann ich sie gerne hin kutschieren, dem Zug hinterher. Wir werden das schon rechtzeitig schaffen." Er zeigt lächelnd seinen Führerschein. „Damit sie wissen, dass ich kein Räuber bin." Der Rucksack wird im Kofferraum verstaut. Jutta sagt, indem sie sich auf dem Beifahrersitz wie erlöst festschnallt: „Das ist ja wie ein Wunder. Ich hatte schon überlegt ein Taxi zu nehmen. Das wäre dann aber der letzte Strohhalm gewesen, an den ich mich geklammert hätte. Nun sind sie mir zuvorgekommen." „Das ist gut so, sie werden sehen." Er lächelt wieder. Diese Reise ist für Jutta und ihre Freunde die Krönung ihres Abis. Sie erzählt: „Wir freuen uns nach der Schufterei mit dem Abi auf die Bergwanderungen." „Ach, da könnten sie mich gleich mitnehmen. Das ist auch meine große Freude, dieses Klima und die reine Höhenluft."

Die Zeit ist im Fluge vergangen und sie wird den ICE noch erreichen. Vor dem Aussteigen zieht der nette Herr noch eine Visitenkarte aus der Tasche, überreicht sie Jutta mit einem lächelnden „Vielleicht begegnen wir uns ja noch mal, ich wünsche ihnen jetzt einen tollen Urlaub!" Jutta dankt ihm mit einem ganz festen Händedruck, ihr Körper ist dabei wie elektrisiert, und sie denkt: Begegnung? Wie sollte ich das denn machen. Papa würde mir die Ohren lang ziehen – ich als... Aber bin ich nicht jetzt erwachsen?

Was sie nicht gesehen hat, nicht sehen konnte: Peter Wacker, Klimatologe, so steht es auf der Karte, hat beim Ausladen des Rucksacks blitzschnell auf den kleinen Adressanhänger geschaut, ihn auswendig gelernt.

Vorgabe:
Waschlappen; Luftpumpe; Bernstein; Knopfloch.

Endlich wieder einmal eine kurze Auszeit. Der ganze Sommer gehörte dem Garten. Diese Ernte überstieg wieder alle Erwartungen, da war jeder Tag mit Arbeit gefüllt und die Gläser und Töpfe jetzt auch. Aber nun freute ich mich auf einen Stadtbummel. Nichts Bestimmtes wollen, nur genießen, schauen, mitten darin sein im emsigen Getriebe. Dabei gab es auch immer etwas zu beobachten, Besonderheiten, Menschen, die mir auffielen – für meinen Sucherblick, wie ich ihn nannte, ein Vergnügen.

Die herbstliche Sonne wärmte noch genug, um draußen zu sitzen. Die Straßencafés luden dazu ein. So fand ich denn auch mein Plätzchen, nah genug an dem, was an mir vorüberflutete, und doch in einer stillen Ecke geschützt. Meine Augen wanderten über das bunte Treiben, hier und da sich festmachend an Menschen, die sich irgendwie aus der Menge des Uniformen abhoben – durch ihre Kleidung, durch ihr Verhalten. Und da hatte ich es plötzlich eingefangen mit meinen Blicken, dieses ungleiche Paar, das da händchenhaltend an mir vorbei schlenderte. Sie eine nicht zu übersehende langhaarige Blondine, groß, schlank und hochhackig, dazu schwarz gekleidet. Auf der stolzgeschwellten Brust trug sie eine auffallend große Brosche mit einem goldfarbenen Bernstein; sie trug sie wie einen Orden.

Ungleich nannte ich das Paar. Denn der Mann, das war nur ein Männchen. Er war viel kleiner als seine Begleiterin, seine Haltung glich der eines verprügelten Hundes; sein Gang erinnerte mich an einen Wackelpudding. „Dieser Waschlappen" entfuhr es mir leise. Aber dann hatte er offenbar selbst das Bedürfnis nach einer Aufbesserung. Und so bückte er sich im Vorbeigehen an einem Blumenstand plötzlich, zog eine rote Nelke aus einem Strauß, kürzte den langen Stiel und steckte sie sich ins Knopfloch seines sehr dürftig wirkenden Jacketts, in dem er wie ein Fragezeichen hing.

Längst war ich aufgestanden und folgte dem Paar, blieb ihm vom Strom der Passanten geschützt, auf den Fersen. Nun blieben sie vor den Schaufenstern eines Möbelgeschäftes stehen. Würde die rote Nelke ausreichen, den Bund zu schmieden? Das Männchen tat mir jetzt schon fast leid. Mein Kopf aber war schon immer gut für skurrile Ideen. Und so sah ich mich nun in meiner Phantasie mit einer groOen Luftpumpe in den Händen und blies ihm unter das Jackett, blies ihn zu einer stattlichen Figur. Jetzt stimmte es in meinen Augen für die beiden. Ach ja, der Ausgleich war wohl sehr vergänglich, es war nur eine Attrappe aus Luft. Sie mussten wohl beständigere Methoden finden. Oder war das Band zwischen den beiden unsichtbar für fremde Blicke, vielleicht ganz tief innen, aber fest verknüpft?

Vorgabe:
Marmelade; Rucksack; Buntstift; Kreisverkehr.

Vor einer Woche hatte Frau Kremplin ihre Fahrprüfung glänzend –
wie sie es selbst empfand – bestanden und ihren Führerschein
glücklich entgegen genommen. Endlich! Das kleine Auto, natürlich
ein Gebrauchtwagen, für den sie lange gespart hatte, machte nun
ihr Leben doch etwas einfacher. Dieses Hin und Her zwischen Büro
und Kindergarten, zwischen Supermarkt und was es sonst alles zu
besorgen galt, das hatte jetzt ein Ende. Nun auf Rädern konnte man
vieles miteinander verbinden. Aber, das war ihr auch klar, man
musste hellwach sein, musste aufpassen, und das nicht nur auf sich
selbst. Schon während der Fahrschule hatte sie es erlebt, dass das
Vorfahrtrecht nicht immer beachtet wurde. Mit dem Kreisverkehr
war das schon einfacher.

Jetzt erst einmal zum Supermarkt, das wichtigste einkaufen; es
passt wohl alles in den kleinen Rucksack. Danach würde sie Wanda
vom Kindergarten abholen. Auf dieser Fahrt passiert es nun, dass
ihr ein anderer Wagen in die Seite donnert. Totalschaden. So hat sie
sich das Autofahren aber nicht vorgestellt. Zum Glück war sie nicht
die Schuldige. Also Abschleppen und wieder zu Fuß gehen. Unterwegs sieht Frau Kremplin schon, dass der Rucksack einen großen
roten Fleck hat. das Glas mit der Marmelade ist wohl beim Aufprall
zerbrochen. Auch das noch! Dieses praktische Stück, an dem noch
eine Erinnerung hängt. Manchmal muss man auch das in die Müll-
tonne werfen. Sie will versuchen den Fleck sofort auszuwaschen,
Kirschmarmelade, schwierig! Aber es nützt nichts, Rot bleibt Rot,
will nicht weichen

Wanda, nun zu Fuß abgeholt, kann es nicht glauben. „Aber du bist
doch noch heil, Mama, und dein Führerschein sicher auch." Das war
kindliche Logik. Frau Kremplin kann schon wieder lachen. „Aber

guck mal, der Rucksack ist auch verdorben, den werfe ich morgen in den Müll." . Wanda protestiert: „Nein Mama, ich habe doch so einen schönen grünen Buntstift. Wenn der Stoff trocken ist, male ich um den roten Fleck ganz viele Blätter, das ist dann eine tolle Unfallblume. So einen schönen Rucksack hat sonst keiner."

Vorgabe:
Fischgräte; Konstruktion; Abonnement; Spirale.

Nun saß sie wieder einmal in diesem schönen, zugleich scheußlichen Zug; scheußlich deshalb, weil er immer überfüllt war. Frau Bremer sah sich ärgerlich um, im Gang standen die Fahrgäste dicht an dicht. Fahrgäste – wenn ich das schon höre, denkt sie. Gäste sollte man anders empfangen, ihnen einen Platz anbieten. Zum Glück hatte sie noch gerade einen ergattert, und das mit ihrem teuren Abonnement. Doch selbst der war nicht gemütlich. Der Nebenmensch war so füllig, dass er mindestens eineinhalb Plätze benötigte. Das ist nicht richtig, dachte sie. Der müsste, wenn ich hier das Sagen hätte, auch das Eineinhalbfache zahlen. Wenn das aber gerecht zugehen sollte, dann brauchte man eine Waage, und das in jedem Waggon. Vielleicht wäre das ja ein probates Schlankheitsmittel. Nein, man sollte eine andere Konstruktion erfinden, eine Eingangstüre, die nur normale Körpermaße durchließ. Frau Bremer lächelte in sich hinein. Das waren kurzweilige Gedanken, das wurde ja immer verrückter, und effizienter – eine Spirale der Ideen.

An der nächsten Station wieder viele Zusteigende. Nun standen sie im Gang dicht wie die Heringe. Woher dieser Vergleich wohl stammte. Vielleicht aus der Tonne entlehnt. Da stieß man sich jetzt aber auch nicht in die Rippen – als Hering. Nein, da war Fischgräte an Fischgräte und die waren elastischer, schmiegten sich vielleicht sogar aneinander. Und das auch noch gratis. Ein großzügiger Bonus für die, die Nähe suchten.

Frau Bremer lächelte, lächelte ihrem Nebenmann zu. Der antwortete mit einem erlösten Schnaufer, man war am Ziel. Endlich gab es wieder genug Luft zum Atmen – und Platz, Platz… dabei hatte sie sich so dünn gemacht.

Vorgabe:
Trostpflaster; Duft; Gipfel; Gelenk.

Nein, die Liebe zu den Bergen konnte ihm niemand nehmen, auch dieser Doktor nicht. Wie hatte er doch gesagt? Man hätte das vorher wissen können, dass das nicht gut geht. Bergauf – nun gut. Aber bergab mit diesen Kniegelenken, die seien ja schließlich nicht mehr neu. Und als I-tüpfelchen hatte er noch das Alter obendrauf gesetzt. Ob er das denn nicht wisse, das Knie sei ein äußerst kompliziertes Gelenk.

Hartmut kämpft mit seinen Gefühlen. Von Geduld war die Rede und von der Aussicht, längere Zeit mit Krücken zu laufen – wenn überhaupt... Humpeln hätte er sagen müssen und dann dieses: wenn überhaupt. Das klang ja schon nach einem Ersatzgelenk.

Nein, und nochmal nein. Hartmut schloss die Augen. Das war wohl das Beste mit diesen Weissagungen im Kopf. Aber, es gab noch etwas anderes: die Hoffnung. Das war das heilsame Trostpflaster – jeden Tag wieder neu geklebt. Wie war das doch mit Leistungssportlern, die einen Unfall hatten und längere Zeit nicht trainieren durften? Training mit dem Kopf, der war ja heil geblieben. Man konnte mit geschlossenen Augen sich alles vorstellen, das ging wie von selbst. Schritt für Schritt, bis auf den Gipfel. Mentaltraining. Und beim nächsten Mal dann bergab zur Sicherheit mit der Seilbahn. Es roch verführerisch nach neuen Möglichkeiten. Da konnte man beliebig dran schnuppern, an diesem Duft.

Vorgabe:
Zement; Schwarm; Spiegelei; Unsinn.

Immer diese vertrackte Hetzerei, daran kann man krank werden. Man müsste sich längst daran gewöhnt haben. Und bei Gewöhnung ist der Stress außer Kraft gesetzt. Da tut das alles nicht mehr weh. Frau Niemehr überlegt gequält, was sie heute Mittag noch eilig auf den Tisch zaubern könnte. Diese Überstunde im Büro hat sie nicht voraussehen können, sie wirbelt nun alles durcheinander. Gleich kommt Thorsten aus der Schule, und der bringt immer einen gewaltigen Hunger mit. Zum Glück ist er dann auch nicht sehr wählerisch, verwöhnt schon gar nicht, denn wie heute, so geht es ja oft. So ist das eben, wenn Beruf und Haushalt unter einen Hut gebracht werden müssen. Ach, da dreht sich schon der Schlüssel im Schloss. Und schon steht Thorsten schnuppernd in der Küche. „Hier riecht es nach Garnichts," sagt er enttäuscht. „Du hast mal wieder Recht, aber bald gibt es etwas." Frau Niemehr ist es plötzlich eingefallen, da sind ja noch Pellkartoffeln von gestern. Also Bratkartoffeln mit Spiegelei. Das geht ruckzuck.

Thorsten steht wartend neben ihr am Herd. „Mama, warum heißt das eigentlich Spiegelei? Da ist doch gar kein Spiegel zu sehen." Immer diese Fragerei! „Weiß ich nicht, habe jetzt auch keine Zeit darüber nachzudenken." „Hast du doch, du stehst doch nur da und guckst in die Pfanne." Dieser Bursche ist wirklich nicht klein zu kriegen, der wird seinen Weg schon finden.

„Du stehst hier auch nur herum und wartest auf die gebratenen Tauben, die dir in den Mund fliegen. Deck schon mal den Tisch!" Jetzt hört sie, klappern schon mal wenigstens die Teller. Bald ist es soweit. Doch ehe Thorsten die Gabel in die Hand nimmt, möchte er doch nun endlich wissen…

„Mama, du hast mir das mit dem Spiegel im Ei noch nicht erklärt." Oh je, dieser ewige Bohrer, er bohrt wieder, als ob mein Kopf aus Zement wäre. „Ich denke, du hast Hunger, jetzt iss erst mal!" Thorsten sieht auf sein Spiegelei. „Ich sehe weiße Wolken, einen ganzen Schwarm, und in der Mitte die Sonne." „Na schön, da bin ich ja gespannt, was das mit dir macht, wenn du die Sonne in deinem Bauch hast." „Unsinn!" Nun sticht Thorsten mit der Gabel mitten hinein. „Das ist doch nur ein Bild, was ich mir ausgedacht habe, und Bilder kann man nicht essen." Frau Niemehr lacht. „Spiegel auch nicht, da bleibt also nur das Ei übrig. Guten Appetit, Thorsten!"

Vorgabe:
Klingelzug; Salat; Masche; Wasserbett.

So war das nun, unwiderruflich, man wurde älter. Dazu musste man nicht ängstlich auf die Zahl der Jahre starren. Hier und da meldete sich ja ein bisschen Rost, der in den Gliedern knirschte, was man mit einem leisen Seufzen, manchmal auch Stöhnen quittierte. Da war jede Erleichterung ein Schritt in die richtige Richtung. Wenn schon das Gehen oft Mühe machte, im Liegen sollte man das wieder ausbügeln – mit Stretching – in der Nacht.

Frau Hämpel, sie liebäugelte schon länger mit einem Wasserbett, versuchte ihrem Mann die Vorzüge zu erklären, sie ihm schmackhaft zu machen. Dafür gab es ja Beweise und Erfahrungen genug im Freundeskreis. Ein Bett, das jede Bewegung mitmachte, das war doch überzeugend. Und um jedes wirtschaftliche Gegenargument zu entkräften, sparte sie eifrig und heimlich dafür. Vielleicht…

Dann war da eines Tages plötzlich der Hexenschuss, zum Glück bei ihrem Mann, denn der war es ja, der eine Verstärkung der Umstände für sein Jawort brauchte. Und diese Attacke wollte nicht weichen. Jetzt war es endlich so weit, jetzt kam der Entschluss von ihm, und das zählte.

Also Bett raus und Bett rein, und das sollte alles ganz neu und schön werden. Nicht zu vergessen am Kopfende auch endlich der Zugschalter für die Deckenlampe. Frau Hämpel lächelte. Die reiche Oma hatte ja damals eine Dienerin. Heute würde man dazu Betreuerin sagen. Da brauchte man einen Klingelzug am Bett. Und sie sah ihn in Erinnerung noch vor sich. Eine wunderschöne bunte Schnur war das gewesen. Was hinderte sie daran, dies nachzuahmen? Garn gab es genug. Und so wurde das Ding gehäkelt, Masche für Masche. Mit dem Ergebnis fühlte man sich fast wie die reiche Oma. Nur kam, wenn man daran zog, nicht gleich eine Minna, sondern das Licht ging an und sagte einem, dass man es selber tun musste.

Nun, da die Generalprobe bestanden war – Herr Hämpel fühlte sich auf diesem Fließbett, wie er es nannte, prächtig – stellte ihnen das Schicksal nun doch noch ein Bein. Wie schon oft, hatte Herr Hämpel sich abends auf dem Bett sitzend noch eine Orange geschält, ein Betthupferl gegönnt, und dabei diesmal, schon halb im Schlaf, etwas vergessen. Und dieses Vergessen meldete sich mitten in der Nacht. Was war das denn? Erschrecktes Erwachen. Wieso war plötzlich alles so hart? Und auf dem Boden die Überschwemmung. Mitten darin aber das kleine, verfluchte Messer.

„Siehst du, da haben wir den Salat!" Frau Hämpel weiß es besser. „Salat? Das ist Suppe, eine schöne Wassersuppe."

Vorgabe:
Teer; Kronleuchter; Abgrund; Übergang.

Dieser Traum würde mich noch lange begleiten, mit einer Stimmung, die mir sonst fremd war; er würde mein Hirn besetzt halten und meine Gedanken gegen meinen Willen beschäftigen. Ich versuchte das beim Erwachen alles abzuschütteln, durch Recken und Strecken der Glieder mich wieder in die Wirklichkeit des Tages zu bewegen. Doch da waren offensichtlich Ketten, die mich gefangen hielten. Und diese Fesseln kamen nicht von außen, niemand hatte sie mir angelegt; sie gehörten also zu mir. Befreiung, das konnte nur gelingen, wenn ich die Traumbilder, nun hellwach, wieder vor mich hinstellte, ihnen ins Gesicht schaute, sie befragte. Sie würden mir antworten müssen. Wozu hatte man sonst Träume? Es musste einen Übergang geben von diesem Geheimreservoire, tief in mir verborgen, in die oberen Gemächer des Verstandes.

Und da war er wieder, dieser schwarze unheimliche Abgrund, die Tiefe nicht auszuloten. Er schien mich zu verschlingen, umso mehr, je angstvoller ich hinunter starrte in das Loch. Die schwarze Oberfläche glänzte wie Teer, würde mich wie Kletten festhalten. Wo war Vergleichbares in der Realität?

Im Nachsinnen gingen die Schubladen wie von selbst auf, kamen sie hervor, die Gegenbilder, die ich versteckt hatte. Einige hatte ich wohl entfernt um leichter atmen zu können. Mit Wahrheit hatte das nichts zu tun. Der Abgrund wusste es anders. Sein Verschlingenwollen war nichts Bedrohliches – es war die Rettung.

Nun ging mir ein Licht auf. Es waren viele, war ein ganzer Kronleuchter. Jetzt war es hell genug an die Arbeit zu gehen, aufzuräumen mit dem, was mir schon lange im Wege stand.

Vorgabe:
Kuppel; Luftmatratze; Minderheit; Augenblick.

Nach dieser heftigen Debatte mit einigen Kursteilnehmern überlegt Elgin: wie können die Meinungen so auseinander driften, wo doch alles so klar ersichtlich ist. Man muss kein besonderer Pessimist sein und auch kein Hellseher, um zu ahnen, was in diesem Paket Zukunft alles drin steckt. Und haben wir dieses Paket nicht selbst gepackt? Könnten wir es also nicht genau wissen? Warum habe ich mich eigentlich nie so recht für Politik interessiert? Habe es wohl nicht gelernt. Einer der Streithähne hatte es gesagt, damit müsse man ganz früh beginnen. Früh – das war für sie der Krieg, war in diesem Land eine politische Einbahnstraße; da hatte man keine Wahl, und weglaufen konnte man auch nicht. In jedem Augenblick ging es um Leben oder Tod. Und dann das Ende - eine Trümmerlandschaft, ein Scherbenhaufen. Und wieder keine Zeit für Politik, aber auch nicht für Resignation. Da regierte das Nichts, aus dem es etwas zu machen galt, und das hieß Steine klopfen und überleben.

Und jetzt? Hatte man nicht satt und zufrieden gedacht: Nie wieder!? Elgin streckte sich, wie um das Übel abzuwehren. Aber nun kam es durch die Hintertür. Irgendwo war ja immer Krieg, und ein Fluss von Menschen setzte sich wie nach osmotischem Gesetz in Bewegung, vom Mangel in die Fülle. Die, die da ausharrten, das war nur eine Minderheit. Brach damit die Zeit der Nomaden wieder an? Nein, diese hier suchten eine Bleibe, ein Bett für die Nacht und Brot für den Hunger.

Elgin überlegte, sie hatte doch noch eine Luftmatratze, die sie spenden konnte. Auf Luft schlafen wie auf Wolken und von zu Hause träumen. Die goldene Kuppel, noch ganz wach in ihrer Erinnerung von einer Reise, stand wie eine Verheißung darüber: Frieden, Frieden auf immer, und die Heimkehr, vielleicht, irgendwann…

Vorgabe:
Galaempfang; Alltag; Hohlraum; Vogelzug.

Müde, immer noch müde. Marita gähnt, ihre Siesta beendend, kommt langsam wieder bei ihren Pflichten an. Ach ja, der tägliche Gang zum Briefkasten. Ist meist ja doch nur eine Enttäuschung. Außer Werbung - nichts. Ab und zu mal eine Rechnung, und da muss man aufpassen, dass die nicht auch im Papierkorb landet. Aber was ist das denn? Hastig und neugierig zieht sie das große violette Kuvert heraus. Papier von der besten Sorte. Adresse in Handschrift und darüber ein Sprühstoß von Gold. Nun ist sie aber hellwach, sie ahnt es schon: Das ist die alljährliche Einladung, auf die sie nun wirklich nicht gewartet hat. Sie hat noch genug vom letzten Mal. „Ohne mich," sie murmelt es vor sich hin, nimmt das erstbeste Messer und öffnet das vornehme Ding.

Einladung zum Galaempfang, so steht es da ganz einfach und sachlich. Danach ist aufgelistet, was geboten wird: Natürlich ein Vier-Sterne-Menü, für die musikalische Untermalung eine Pianistin, zur Lockerung der Lachmuskeln (so steht es wirklich da) ein Kabarettist. Zuletzt dann der Hinweis: Um angemessene Kleidung wird gebeten. Also keine Jeans und bitteschön Krawatte.

Martina überlegt, ist alles vorhanden. Zum Beispiel das beige seidene, oder der schwarze Samtanzug. Lackpumps, ein passendes Collier, Kuvert-Tasche, alles kein Problem. Das käme dann doch alles mal wieder unter die Leute. Und es wäre doch ein Gegengewicht zu ihrem tristen Alltag. Sie horcht in sich hinein. Ihr Gefühl sagt etwas ganz anderes. Ein Blick aus dem Fenster, mal sehen, was das Wetter sagt, Herbst. Also ein Mantel. Aber das ist es ja nicht, der ist ja da. Was fehlt, ist die Entscheidung. Ja oder Nein? Eine schwierige Frage. Es ist nicht ihre Welt, in die sie da eingeladen ist. Sie passt nicht zu diesen Luxusleuten, auch nicht mit ihren schönen Kleidern. Was da veranstaltet wird, das ist ihr alles um einige Nummern zu groß. Wie soll man sich bloß da herauswringen, wie sich entschuldigen? Ihr Blick, immer noch ins Grüne gerichtet, weiß die Antwort. Die Natur kennt diese Probleme nicht. Und da sitzen sie ja schon, ihre gefiederten Freunde – auf den Drähten, zwitschern und schwatzen aufgeregt vor dem großen Vogelzug. Da sind keine Fragen, da ist Programm. Und jeder noch so kleine Körper weiß, was er zu tun hat.

Und ich? Martina klopft sich auf die Brust. Das klingt wie ein Hohlraum. Auch der Kopf ist leer. Langsam und zögerlich geht sie zum Kleiderschrank. Man könnte ja mal probieren, ob das alles noch passt. Eine private Modenschau. Vielleicht versöhnen sie sich noch, das Für und das Wider. Noch ist ja Zeit. Erst in zwei Wochen muss ich es wissen...

Vorgabe:
Stimme; Winterschlaf; Bogen; Schulter.

Warum hatte sie eigentlich diesen Kurs belegt? Und das morgens, so früh, es wäre ja auch zu einer anderen Tageszeit zu haben gewesen. Warum also? Der Wecker hatte gerade geklingelt. Da musste sie aufpassen, nicht gleich wieder einzuschlafen. Amanda überlegt. Sie müsste den Bogen schlagen, die Kurve kriegen von den Widerständen zu einer Motivation, die sie freudig aus dem Bett springen ließ. Und das konnte nur in Eigenregie geschehen, da war niemand sonst für zuständig.

Wahrnehmung, Analyse, Haltung, Körperbewusstsein, Verantwortung, Seelenhygiene, davon war im Vorgespräch die Rede gewesen. Das alles war bunt durcheinander jetzt in ihrem Kopf. Damit steht sie nun verschlafen vor dem Spiegel und reibt sich die Augen.

Amanda denkt: Vor dem Spiegel könnte ich es üben, wie sich das, was ich da sehe, verändern kann, verändern lässt. Sie lächelt. Ja, das ist Arbeit. Nimm schon mal die Schulter runter, die nützt dort oben niemandem. Immer, wenn die Schulter oben ist, geht die Stimme in den Keller. Amanda beschließt: Ab jetzt jeden Morgen ein Rendezvous mit dem Spiegel und dazu ein Lied, ihr, die ich da sehe, ein aufmunterndes Ständchen. Das ist die Powerkapsel, die ich brauche für dieses Seminar. Das Wichtigste aber: sofort den Winterschlaf, den ich bei mir gebucht habe, stornieren.

Vorgabe:
Bruchstück; Schatten; Rotstift; Schiffbruch.

Pech und nochmals Pech, eine ganz böse Überraschung. Das hatte er nicht erwartet. Ob nun der Reinfall klein oder groß, wer wollte das wissen. Es war ja alles relativ. Und natürlich konnte man auch nicht ahnen, wie er letztlich herauskam. Die Zukunft war immer offen, und wo Licht war, da war auch Schatten.

Anton überlegte, wie er das noch steuern konnte. Schiffbruch? So endgültig schien es nicht. Konnte man den Kahn doch sicher noch in seichtere Gewässer schleppen, so dass er nicht ganz unterging. Dieser Betrug ärgerte ihn; es war ein jähes Erwachen. Aber war er nicht ein Teil davon? Zu leichtgläubig und euphorisch hatte er das Papier unterschrieben – eine Vereinbarung, in der seine Sicherheit nicht vorkam.

Nun würde über lange Zeit der Rotstift regieren, Einschränkungen und Verzicht. Und Arbeit, viel Arbeit bedeutete das alles, das meiste davon schmeckte bitter. Aber auch eine Scherbe, ein Bruchstück von dem, was man geliebt hatte, konnte einen lehren, was in ein einmaliges Leben alles hineinpasst. Anton sah an sich herunter, blickte auf seine Füße. Wusste es plötzlich, dass der nächste Schritt schon auf ihn wartete, ja, jetzt nur noch auf ihn.

Vorgabe:
Durchgang; Klassenzimmer; Denkmal; Herberge.

„Wann sind wir denn endlich da? Immer diesen blöden Berg hier hochklettern, ich hab keine Lust mehr." Pit sieht seinen Freund O-mar an, der schon immer langsamer wird. „Meinst du, ich hätte Lust. Wir können uns doch hier nicht einfach hinsetzen. Guck mal, wo die anderen schon sind, wir müssen uns beeilen." Die Lehrerin winkt und ruft, es wird schon dämmerig, da müssen sie alle zusam-men bleiben. Pit versucht seinen Freund zu trösten: „Damals, da waren die auch unterwegs, es war schon dunkel, und sie fanden keine Herberge. So steht das in der Bibel. Und dann landeten sie im Stall, und da wurde das Kind geboren." Omar fragt nicht, welches Kind da geboren wurde. Er hat wieder gar nichts verstanden, er ist ja nicht von hier. Pit ist auch nicht von hier, aber er weiß ein biss-chen, was in der Bibel steht, und er weiß auch, warum das Kreuz im Klassenzimmer hängt. Omar geht auch nie in die Kirche, auch nicht im Schulgottesdienst, er geht in die Moschee.

„Guck mal, da oben stehen sie schon alle vor der Hütte und warten auf uns. Das ist unsere Herberge, da werden wir heute Nacht schla-fen." Omar zwängt sich durch den schmalen Durchgang, der von der Alm auf einen Weg führt. Und dann steht er da wie ein Sieger, macht sich ganz groß – bis ihn von hinten jemand am Kragen packt. „Nun komm schon, steh nicht da wie ein Denkmal, wir haben alle mächtigen Hunger."

Die Lehrerin nimmt Pit und Omar erleichtert unter ihre Fittiche und fragt: „War es sehr schwer?" Omar sagt: „Noch mehr, viel mehr als schwer."

Vorgabe:
Erlaubnis; Irrtum; Erbe; Geschmack.

Berge versetzen können, von diesem Platz an einen anderen, sie ins Meer versenken, diese Berge von Problemen. Man müsste daran glauben, dass das geht. Der Glaube versetzt Berge. Diesen Satz kaute sie wie ein Mantra vor sich hin. Das würde helfen, würde die Lösung bringen. Tante Ida war in ihren Überzeugungen sehr beharrlich, da war jeder Irrtum ausgeschlossen. In diesem Fall stieß sie damit allerdings auf Granit, und das war das Problem. Denn ihr Pflegesohn, schon aus der Wiege adoptiert, der einzige Erbe ihres beachtlichen Besitzes, war genauso zielstrebig, jedoch in umgekehrter Richtung. Ihn enterben? Aber wie ging das? Ach, dieser Gedanke war ja überhaupt nicht nach ihrem Geschmack. Wie hatte sie dieses Kind geliebt. Nun, da er ihr entwachsen war, musste sie diesen Bengel fast um Erlaubnis bitten, mit ihm unter einem Dach zu wohnen – das ja nun immer noch ihr Dach war.

Tante Ida, als ich sie das letzte Mal sah, schien mir um einiges kleiner geworden, so, als zöge sie sich unmerklich aus dieser Welt zurück. Aber sie zeigte mir ein wenig verschämt ein kleines, buntes Papierfähnchen, zog es, indem sie wie schützend die Hände darum legte, aus einer Schublade. Dann sagte sie fast flüsternd: „Das ist die Fahne der Hoffnung, darauf baue ich, dass die Saat doch einmal aufgeht." Dann erzählte sie, wie sie dieses Fähnchen neben anderen kleinen Dingen als Erinnerung gehütet habe. „Ich habe dieses billige Papierding damals beim Schulanfang als Mut-macher, als Zeichen des Sieges auf eine Torte gesteckt, die ich extra gebacken hatte. Und der Bengel war stolz und glücklich damit. Bald darauf fand ich es zerknittert in seiner Spielecke. Seitdem verwahre ich es wie einen Schatz." Sie seufzte. "Ich glaube fest daran, dieses Samenkorn wird noch irgendwann aufgehen. Manchmal muss man nur warten können."

Vorgabe:
Entwurf; Ruderboot; Turnschuh; Sägemehl.

Das hält der Urlaub also auch manchmal bereit: Spuren, die zu seltsamen Entdeckungen führen. Dieser See, inmitten der Berge, den
ich mir diesmal ausgesucht hatte, schien mir ein Juwel. Klares Wasser, Stille, also noch kaum von der Reisewelle erschlossen, so hieß
es in der Werbung. Die Bilder der Prospekte bestätigten diese Aussage. So tat ich einen tiefen Griff in meine Reisekasse und buchte
für einige Wochen eine kleine Ferienwohnung, nah am See. Besagte
Reisekasse war eine Superidee, die mir eine Freundin vor einem
gemeinsamen Trip einmal empfohlen hatte. Seitdem existierte sie
wie selbstverständlich. Sie schien immer Hunger zu haben, der ja
mein Hunger war, und den ich so oft wie möglich mit etwas scheinbar übrigem zu stillen versuchte – mal ein paar Münzen, mal auch
ein Schein. Und jedes Mal stieg wie zum Dank, Vorfreude in mir auf.

Und da war ich nun, fand Alles, wie beschrieben, vortrefflich, mein
kleines vorübergehendes Zuhause. Sofort packte ich meinen Koffer
aus. Einfach – ganz einfach würde es diesmal sein. Sportklamotten
für jedes Wetter, sonst nichts. Wütendes Hundegekläff ließ mich
eilig aus dem Fenster schauen. Der erste Einbruch in diese ruhige
Idylle, hatte ich doch Angst vor diesen Kötern, wenn sie nicht an der
Leine waren. Als es wieder still war, trieb mich die Neugier hinaus.
Im Sand fand ich bald eine helle Spur, die ich verfolgte bis zu ihrem
Ursprung. Von ein paar verdorrten Grasbüscheln ein wenig verdeckt
lag etwas Buntes. Im Näherkommen sah ich, dass es eine Stoffpup-
pe war, an einigen Stellen arg zerrissen. Aus ihren Wunden rann ihr
Innenleben: Sägemehl. Die Hunde! Fuhr es mir durch den Sinn. Mit
meinem Ordnungssinn machte ich schon eine Bewegung sie in den
See zu werfen. Wie konnte ich nur – sofort hielt ich inne, ich musste
sie retten. War da doch sicher ein trauriges Kind, das sie verloren
hatte.

Nun trieb es mich aber zum Ruderboot, das angetaut am Ufer lag. Mit einem Schritt stand ich mitten darin, es war geräumig. Ich sah mich um. Und wieder entdeckte ich etwas, das mir Rätsel aufgab. Ganz auffällig ein roter Turnschuh, ein Markenschuh, aber nur einer. Hatten auch hier die Hunde gewütet? Am anderen Ende ein großes schwarzes Notizbuch. Es enthielt Aufzeichnungen, Stichworte, manchmal ganze Sätze – ein Puzzlespiel von Ideen. Vielleicht ein Entwurf für eine Geschichte? Es sah fast so aus. Aber wie konnte man das so einfach liegenlassen, vergessen? Das wurde nun meine Abendlektüre. Auch musste ich es, so empfand ich, in Sicherheit bringen, dachte an ein Fundbüro. Die Puppe nahm ich natürlich auch mit; sie sollte man auf jeden Fall operieren. Gern hätte ich jetzt mit Nadel und Faden den Puppendoktor gespielt. Aber die Patientin, dieses zerrupfte Wesen war so dünn geworden, wie konnte ich sie aufpäppeln? Gab es hier irgendwo Sägemehl? Vielleicht würde ja alles wieder gut, lief morgen hier ein weinendes Kind vorbei, das ich trösten konnte.

Vorgabe:
Taumel; Tropfen; Gespenst; Erfindung.

Balduin weiß es sofort, das Gerücht, das umgeht, sich verbreitet und schon in den Köpfen eingenistet hat, ist eine freie Erfindung. Und der, der es in die Welt gesetzt hat, in die kleine überschaubare Welt dieses Dorfes, wo jeder jeden kennt, ist ein Dummkopf. Denn dieses Gespenst, dem nicht wenige Glauben geschenkt haben, mehr noch, es mit ihren eigenen Phantasien noch unverständlicher machten, das wird zu dem Erfinder dieser Mär zurückkehren, so wie er es ausgesät hat.

Balduin überlegt, wie die Wasser des Unmuts über diese aufregende, erlogene Sache sich wieder verlaufen können. Diese Seifenblase muss schnellstens platzen. Aber wie? Sein guter alter Freund Alex, das scheinbare Opfer, tut ihm leid. Doch der, so wie er ihn kennt, wird das ganz gelassen sehen. Wie auch anders? Er hat ja eine blitzsaubere Weste.

Und das ist nun die Idee: Eine Einladung. Balduin greift sofort zum Telefon und erreicht den Freund in seinem Büro. Zwar Überstunde, aber egal, das ist jetzt wichtig. „Hallo Alex, hör mal, ich habe mir was Schönes zu unserem Jubiläum ausgedacht." „Jubiläum?" „Ja, wir kennen uns doch jetzt genau zwanzig Jahre. Dazu möchte ich dich und deine Frau, dazu unsere nette Apothekerin mit ihrer Tochter einladen. Die war doch bei unserem Kennenlernen nicht ganz unbeteiligt. Wir haben uns ja in der Apotheke zum ersten Mal getroffen, und da ging es um ein bestimmtes Medikament. Erinnerst du dich?" Die Tochter aber ist die erfundene Verführte, dieses Lügengespinst.

Einladung – Balduin weiß, das ist mehr als der oft zitierte Tropfen auf den heißen Stein. Das ist eine ganze Badebütt Wasser auf die

Klatschmäuler. Alex, ganz überrascht: „Das finde ich ganz toll, wo denn?" „Ich denke in der alten Dorfkneipe. Da gibt es zwar kein Vier-Sterne-Menü, aber der Wirt kocht sehr gut. Ich vereinbare einen Termin und rufe dich wieder an." Der Termin, so denkt er, ist der, wo der Stammtisch tagt. Das ist an Wirkung das Tüpfelchen auf dem i , vielleicht ein Taumel in den Köpfen, dass sie ihren Augen nicht mehr trauen.

Und nun der bedeutsame Abend. Das Essen wird gerade serviert, als die Herren des Stammtisches sich einfinden. Balduin staunt und freut sich – unter ihnen auch der Gerüchtespinner. Na, denkt er, besser kann man ihn nicht auf seinen Lügen festnageln.

Vorgabe:
Zopf; Korbgeflecht; Normalität; Signal.

Der Herbst ist da. Und schon geht es los mit den Verhüllungen, dabei sind der Phantasie keine Grenzen gesetzt. Ein dicker Schal, x-mal um den Hals gewrungen, kecke Mützen aller Art. Nur Hüte sieht man kaum, sie sind selten geworden. Passt auch nicht zu dieser Uniform, denke ich: Jeans, Anorak, Turnschuhe – und dazu einen Hut? Von Kopftüchern wimmelt es ja auch im Sommer, selbst hierzulande. Wie schade, dass dieses Signal der Untertänigkeit so Schönes verbirgt. Ein dunkler oder schwarzer Haarschopf wäre doch viel netter anzusehen. Aber genau da liegt das Problem. Haare sind der Schmuck des Kopfes, der etwas bewirkt. Und wie ist das bei Männern mit Kahlschur? Wozu hat man denn Haare und was ist eigentlich Normalität?

Nun, da ich beim Friseur sitze, möchte ich darüber einmal etwas mehr wissen, nachdem ich im Warten beobachtet habe, was unter seinen Händen zustande kommt. Nicht nur Kleider machen Leute, nein, auch Frisuren gehören dazu. Was für ein Beruf, denke ich. Zwar eine gute Technik, aber vor allem Kreativität schafft das Ergebnis, das sich der wünscht, der da unter einer Prozedur etwas über sich ergehen lässt, von dem er nicht weiß, wie es ausgeht. Ein Kopf ist eben nicht nur ein Kopf.

Soeben hat der Meister einen wunderschönen Zopf geflochten, der nun frisch gewaschen glänzt wie Seide. Meine eigenen Zöpfe kommen mir in den Sinn. In meiner Schulzeit war das die Standardfrisur für Mädchen. Und wie erwachsen kam ich mir vor, als sie abgeschnitten waren. Jetzt aber, da die Schere in des Meisters Hand ihr Werk tut an meinem inzwischen weißen Schopf, stelle ich die neugierige Frage, was Frau oder Mann sich so vorstellen, wie sie aussehen möchten. Sicher hat er ein paar Geschichten auf Lager. Denn das weiß man ja längst: Bei der Berührung des Kopfes öffnet sich mitunter auch die Seele des Berührten.

Und so erzählt er mir diese Begebenheit: „Es ging um eine Hochzeitsfrisur. Die Braut, ganz zierlich und klein, kam mit einer selbstgefertigten Konstruktion aus gefärbtem Bast, die aussah wie ein Korbgeflecht. Das solle ich ihr doch bitte auf dem Kopf so befestigen, dass sie mindestens zehn Zentimeter größer sei. Darüber dann die eigenen Haare – sie waren hellblond – wie ein Gespinst aufbauen, über-und übereinander, die Attrappe dürfe man nicht sehen. Sie wisse, das sei viel Arbeit, aber sie wolle damit ihren Liebsten überraschen.

Ja, das war viel Arbeit. Und als sie getan und auch gelungen war, da war das für den Liebsten ein Schock. Er erkannte sie kaum wieder und stammelte immer nur: Aber Püppi, das bist du doch gar nicht. Und so musste ich dem stattlichen Bräutigam zuliebe den Turmbau wieder entfernen. Fast wäre der Trauungstermin dadurch geplatzt. So kann es gehen. Ja, die Liebe ist manchmal unberechenbar."

Wir lachten beide. Er hatte doppelt verdient, und mein Malheur war es ja nicht.

Vorgabe:
Dachziegel; Zukunft; Lichtreflex; Bergwerk.

Dieser Lichtreflex, aus dem Dunkel trifft er durchs Fenster auf die weiße Wand. Schon im Halbschlaf springt Lotte auf. Ein Gewitter? Aber wo bleibt der Donner? Ein Einbrecher? Unsinn! Zweite Etage, müsste ja ein Fassadenkletterer sein. Trotzdem, jetzt bloß kein Licht machen, keine Reaktion zeigen. Wer weiß – von irgendwo muss es ja gekommen sein. Oder war es ein Traum? Eine ganze Bilderwelt taucht jetzt auf – unter Herzklopfen.

Ach ja, Onkel Albert, war das gruselig, wenn er von seiner Arbeit im Bergwerk erzählte. Mit der Grubenlampe in dem dunklen schwarzen Stollen. Und dann dieser Staub, schwarz wie die Kohlen. Lotte hatte ihm immer zugehört, diesem Onkel, den sie so gern mochte, und das war wie im Märchen gewesen. Gab es das wirklich? Aber das war ferne Vergangenheit. Nun ging es um die Zukunft, hier im dunklen Schlafzimmer, fast Mitternacht, da wird sie keinen Schlaf mehr finden. Was soll sie tun, wie das Geschehen aufklären? Rollläden waren scheinbar nicht nötig, darum gibt es sie nicht. Sie muss sich selbst helfen, sich versichern? Gegen was?

Am Morgen, kaum ist es hell, löst sich das Rätsel. Der neue nette Nachbar in der Nebenwohnung hat auf seinem Balkon noch spät mit der Taschenlampe aufgeräumt. Lotte, auf dem Weg zur Arbeit, trifft ihn zufällig im Treppenhaus. „Können sie mir sagen, woher die Dachziegel auf meinem Balkon stammen?" fragt er, „ein ganzer Stoß, was soll ich damit. Wissen sie etwas darüber?" Dann erzählt er von seiner nächtlichen Arbeit und meint: „Hoffentlich habe ich sie nicht gestört." Lotte sagt erleichtert: „Aber nein, das muss man wohl aushalten können, wenn jemand einzieht, da gibt es ja viel zu tun." Und ein ganzer Stoß Dachziegel fällt ihr damit vom Herzen.

Vorgabe:
Wendeltreppe; Magersucht; Palast; Abschied.

Längst hätte ich es wissen können, dass jede Medaille zwei Seiten hat. Warum hatte ich nur die helle mir in den Kopf gesetzt? Abschied, ja, das war ein großes Wort, das ich damit um einiges verkleinert hatte. Abschied, der nach Freiheit schmeckte, so hatte ich ihn ständig in meinen Gedanken. Von dieser Freiheit träumte ich jeden Morgen, wenn der Wecker rasselte. Diesen fragwürdigen Kameraden würde ich sofort abschaffen, würde ihn nicht vermissen. Ruhestand also. Das Wort beunruhigte mich. Es roch nach Stillstand. Trotzdem zählte ich die Tage. Wann war es endlich so weit. Die Zeit kroch wie eine Schnecke. In meiner Phantasie hatte ich mir einen flexiblen, bequemen Palast gebaut. Nichts stand fest, man konnte alles hin und her schieben. Die Pflicht war zur Kür geworden.

Aber dann war da plötzlich alles ganz anders. Meine Euphorie war dünn geworden, zusammen geschrumpft. Hat wohl die Magersucht, so ging es mir durch den Sinn und ich lachte über den Einfall inmitten meiner trübsinnigen Stimmung. Wie würde ich den Abschied überstehen, und alles was danach kam? Zweifel über Zweifel.

Der neue Chef hatte wohl alles in mir umgedreht. Hatte er das wirklich gesagt: Sie werden uns fehlen? Und damit begann mein Heimweh, noch ehe ich gegangen war. In schlaflosen Nächten suchte ich nach einem Zipfel, den ich festhalten konnte. Wenn ich in mich hineinsah, stand ich wie vor einer Wendeltreppe und mir schwindelte. Noch war ich oben, aber sie schien sich wie ein Korkenzieher nach unten zu bohren, mich mitzunehmen in die Tiefe. Dieses Gefühl musste ich wohl aushalten. Problemlösungen fielen nicht einfach vom Himmel – oder doch? Zufälle gab es ja aber auch nicht.

Wie wäre es denn eigentlich – und damit öffnete sich die Gedankenschleuse, mit einem Abschied auf Raten? „O ja" entfuhr es mir ganz laut, und ich erschrak über dieses spontane Solo. Die Raten könnte man in Tagen oder Stunden festlegen und ganz locker abstottern.

Jetzt war meine Welt wieder fast in Ordnung Wie würden sie alle über diesen Vorschlag, über diese Überraschung staunen. Da gibt es ja fast einen neuen Einstand zu feiern. Morgen, ja morgen wird sich das alles klären.

Vorgabe:
Bügelbrett; Musterbeispiel; Treffpunkt; Echo.

Jens und Solo? Das geht doch gar nicht, das kann niemand verstehen. Man sieht ihn nur noch alleine, mit verschlossener Miene; er gibt auch nichts preis. Ihn fragen? Nein, das mag ich ihm nicht antun. Solange wir uns kennen, und das sind nun doch schon einige Jahre, habe ich ihn noch nie als Single erlebt. Er ist so eine Art Magnet, der immer etwas anzieht. Mal bleibt dieses Etwas nur kurz an ihm hängen, mal auch länger. Mit Berti war er lange zusammen und es schien alles so selbstverständlich und harmonisch, fast ein Musterbeispiel zu sein. Da ist also etwas passiert. Das würde mich schon interessieren. Ich werde nicht lange warten müssen. Da braucht er schon bald einen Mülleimer – und der bin meistens ich, wo er das, was ihm nicht schmeckt, entsorgen kann. Wie hält er das nur aus, diese Suppe auszulöffeln? Es beschäftigt mich. Jedenfalls überlässt er nichts dem Zufall, wird sich an irgendeine Strippe hängen. Online heißt ja jetzt das Zauberwort. Da kann man alles haben und es geht schnell. Partnerbörse, ja, richtig, klingt in meinen Ohren fast wie Geldbörse. Es geht um Haben, um Besitz. Ich bin gespannt, welchen Schatz er jetzt ausgraben wird.

Eine Woche muss ich warten, und dann klingelt abends das Telefon. Er meldet sich: „Jens Single." „Wie bitte?" „Ja, du hast richtig gehört. Hast du ein bisschen Zeit, ich muss dir einiges erzählen." „Ja, komm nur. Ich bin gespannt, bin ganz Ohr." Eine Stunde später steht Jens vor mir, ein wenig zerknittert, wie mir scheint. Den Scherbenhaufen mit Berti nur kurz wie etwas Nebensächliches erwähnend, erzählt er, immer wieder stockend, sein neuestes Abenteuer. Also Online, wie vermutet.

„Das Foto von ihr war super. Das ist sie, denke ich. Per Mail vereinbarten wir am nächsten Tag einen Treffpunkt. Am Bahnhof, weißt du, da kann man ungeniert beobachten; unter den vielen Menschen weiß niemand, wer nun wer eigentlich ist. Ich habe sie schnell entdeckt, das hübsche Gesicht. Aber darunter platt wie ein Bügelbrett. Nichts für mich. Habe sie einfach stehen lassen." „Du hast sie nicht angesprochen? Wie feige! Wie viele Lektionen brauchst du wohl noch, bis du begreifst?" „Was – was soll ich denn begreifen?" „Dich selbst, Jens!"

Darauf als Echo nur ein breites, ungläubiges Grinsen. „Ach weißt du" „Ich weiß es schon lange." Und das war der Auftakt zu einem langen Gespräch. So tief hatten wir noch nie gegraben und diesmal einen ganz anderen Schatz gehoben. Es war Mitternacht. Egal. Das hatte sich gelohnt.

Vorgabe:
Fächer; Scheinwerfer; Geduld; Magie.

So, das wäre geschafft. Lilo streckt sich auf ihrem Stuhl, klappt die Bücher zu und liest noch einmal, was sie geschrieben hat. Nicht schlecht, das muss mindestens eine Zwei werden. Das erwarte ich jetzt einfach von mir, denkt sie und zieht ohne zu überlegen die Schreibtischschublade auf. Eigentlich keine Zeit, also nur kurz. Ganz hinten, unter einem Stapel Papier gibt es ein flaches Kästchen. Mein Schatzkästchen, denkt sie und öffnet vorsichtig den Deckel. Meine Flügel – wie kindisch, bin ich doch längst herausgewachsen. Lilo seufzt. Nein, diese Sammlung von zarten Vogelfedern, seit ihrer frühen Kindheit zusammengetragen, übertrifft das, was sie da eben geschrieben hat. Kann zwar niemand verstehen, aber da steckt doch etwas drin, was nur mir gehört. Bei Spaziergängen und beim Spielen im nahen Wald hat sie immer wieder mal ein zartes Federchen gefunden und sich gewundert, wie man so etwas Schönes verlieren kann. Und trotzdem hoben sich diese kleinen Körper einfach in die Luft, als fehlte ihnen nichts.

Kürzlich hatte sie Anja, einer Mitschülerin, die bunten, zarten Federn gezeigt. Anja hatte laut gelacht, „was willst du denn damit?" „Weiß ich noch nicht, erst einmal nur mich daran freuen." Aber im gleichen Augenblick war ihr eine Idee gekommen. Vielleicht würde Anja noch einmal staunen und sie beneiden. Diese Anja, die sich doch nur mit Kitsch behängt. Neulich hatte Herr Schulz, der Klassenlehrer, als er die Klausurarbeiten wieder austeilte, doch tatsächlich zu ihr gesagt: „Sie setzen, wie ich sehe" dabei blickte er auf ihr Gehänge, an dem kleine Perlen immer wieder aufleuchteten wie winzige Scheinwerfer, „auf Magie. Das hat aber für ihre Arbeit nichts erbracht. Es ist leider eine Fünf geworden."

In zwei Monaten das Abi. Lilo weiß schon, was sie zum Abi-Ball anziehen wird. Das dunkelrote natürlich. Dazu wird sie sich nun aus all den zarten Federchen einen Fächer, einen richtigen Hingucker anfertigen. Ja, anfertigen, das ist das richtige Wort, denn das ist nicht einfach. Aber sie weiß schon wie. Mit Geduld wird sie es schaffen.

Da wird sogar der Biolehrer staunen. Sie könnte vor ihm direkt eine Prüfung ablegen, welche Feder zu welchem Vogel gehört. Das ist jetzt ein spannendes Ziel neben all dem Klausurstress. Tief durchatmen. Sich strecken, dem Finale entgegen strecken. Lilo lächelt. Es wird schon alles gelingen.

Vorgabe:
Magnet; Risiko; Verein; Drachen.

Bin ich das wirklich, ein Einzelgänger? Tom überlegt, lässt alles, was er so tut und macht, natürlich auch was er nicht macht, auf keinen Fall macht, in Gedanken, wie auf dem Fließband an sich vorbeiziehen. Wie konnte Erno das überhaupt sagen, so vorwurfsvoll, so als sei er ihm und allen anderen etwas schuldig. Ja, es ist etwas anders mit ihm, und deshalb hat ihn das so getroffen. Aber seltsam, im Büro hat mir das noch niemand vorgeworfen, denkt Tom. Logisch, da muss ich ein Einzelgänger sein in meinem Sachgebiet, sonst käme ich ja nicht vom Fleck mit meiner Arbeit. Und privat? Muss ich denn in einem Verein sein um akzeptiert zu werden?

Tom sitzt wieder in seiner kleinen Werkstatt und baut an einem Drachen, glücklich wie ein Kind. Es wird Herbst, da lässt man die bunten Vögel wieder steigen. Auf dem Wochenmarkt dann ist sein Stand jedes Mal ein Magnet, der die Kinder anzieht. Sie stehen davor mit großen Augen und Papa oder Mama können dem heißen Wunsch kaum widersprechen. So ist seine Produktion mit keinerlei Risiko verbunden; es gibt keine Ladenhüter. Wie einfach also, das zu leben, was man liebt, denkt Tom. Ist das so wichtig, ob man es allein tut oder...

Vorgabe:
Erscheinung; Masse; Buchstabe; Luxus.

Wie wunderbar, ich staune, das ist noch wirkliche Handarbeit. In dieser schnelllebigen Zeit eine kostbare Seltenheit. Solche Bücher scheinen zu atmen wie Lebewesen. Man möchte sie liebevoll in die Hand nehmen – und wiederum auch nicht – aus respektvoller Scheu. Wie gut, dass ich mich aufgerafft habe, diese Ausstellung zu besuchen. Dieses eine Buch, es ist wahrhaftig eine Erscheinung, jeder Buchstabe darin ist eine Erscheinung, dieses eine Buch versetzt mich in eine Stimmung der Hoffnung. Es gibt sie also noch, die Schönheit; diese hier thront über der Masse wie eine Königin.

Aber das ist offensichtlich nicht etwas für jedermanns Augen. Hat sich doch gerade eben ein Zeitgenosse über den Preis des Buches aufgeregt und abschätzig von verführerischem Luxus geredet. Nun, denke ich, jede Verführung hat ihren Preis, warum nicht auch diese. Man muss es ja nicht unbedingt kaufen, besitzen. Ich bin schon glücklich, es gesehen zu haben und trage es mit meinen Augen, mehr noch, in meinem Langzeitgedächtnis, zufrieden nach Hause.

Vorgabe:
Schweigen; Ruine; Misere; Klippe.

Sein Finger auf den Lippen, so stand er vor uns. Da musste man keine Worte hören. Dieses Zeichen war deutlich genug. Und es wirkte. Schweigen und Stille war unsere Antwort. Die Geschichte, die wir da vor uns sahen, sprach für sich. Eine Ruine, wie ich noch keine gesehen hatte. Es war nicht wichtig, zu fragen, wer gegen wen hier gekämpft hatte. Einer hatte ja gesiegt, über Menschen, über dieses Gemäuer, das wie ein dunkles, verbranntes Mahnmal inmitten blühender Natur dastand. Niemand sprach. Doch sah ich hier und da unzufriedenes Kopfschütteln. Hatten wir doch diese Führung bezahlt, und sie hatte nicht wenig gekostet. Aber musste man das alles genau wissen, was sich hier vor langer Zeit ereignet hatte? Wir hatten ja keine Prüfung abzulegen über das, was wir gesehen hatten. Aber das war die Klippe, an der einige aus unserer Reisegruppe sich festzuhalten schienen. Wenn man nach Hause kam, dann wollte man berichten, damit glänzen. Dabei ging das Leben weiter wie gewohnt.

Ich überlegte, wie wird man eigentlich Reiseführer? Muss man das jemandem beweisen können, was man alles weiß? Könnte es nicht auch darauf ankommen, mit Gefühlen etwas zu erzählen, vorausgesetzt man hat sie, angemessen und authentisch. Mich hat jedenfalls dieser Mann, ein Einheimischer, der uns unser Schweigen zugemutet hat, beeindruckt. Die einzige Misere an diesem Ausflug war, dass sich unsere Gruppe viel zu früh missmutig auflöste, zerstreute. Und darüber schüttelte nun unser Führer irritiert, und wie es schien enttäuscht, den Kopf. Vielleicht hätten wir ja doch noch das Erwartete zu hören bekommen und das Schweigen war nur der Anfang gewesen. Der Anfang, der zum Verstehen wichtig war. Für mich eine Erfahrung mit Tiefgang.

Vorgabe:
Muttersprache; Modell; Irrlicht; Trommel.

Diktat. Sonst nichts. Diese Schau auf dem Laufsteg. Das muss ich nicht sehen; weiß ich doch selbst, was ich will. So verkündet Frau Heller ihre Überzeugung vor modebewussten Damen in entsprechender Kleidung nach neuestem Trend. Damen, das muss man schon sagen, von denen sie oft etwas mitleidig belächelt wird. Frau Heller, durchaus qualitätsbewusst, trägt kein Fähnchen, wie sie es nennt. Nein, das ist Stil auf höchstem Niveau, eben ihr eigener.

Aber dann war da doch eine Einladung in ihrem Briefkasten gelandet, die nicht sofort in den Papierkorb wanderte. Eine Modenschau aus einem ganz anderen Kulturkreis, der sie ja gar nichts angeht und deshalb auch nicht beeinflussen kann. Niemals würde sie ja etwas tragen, was nicht wie angegossen zu ihren Empfindungen passt.

Ein Modell aus Afrika, schwarz wie die Nacht, so ist es auf dem Flyer zu sehen, wird sich und das Textilzeugs, was sie an den Mann oder die Frau bringen will, präsentieren. Ja, auch Männer sind gekommen, vermutlich mit einer dicken Brieftasche. Da haben sie Mitspracherecht. Die Schwarze ist doch irgendwie ein Irrlicht in unseren Breiten, dem man nicht auf den Leim gehen muss. Da kann man sich genüsslich zurücklehnen, muss sich nicht spreizen; vielleicht ist es ja interessant. Frau Heller, für diese Veranstaltung betont klassisch gekleidet, sieht sich staunenden, skeptischen Blicken ausgesetzt. Einige der genannten Damen sitzen in der ersten Reihe. Was will die denn hier, scheint man zu fragen. Aber dann zieht das Geschehen auf dem Laufsteg alles in seinen Bann.

Schwarz ist die Schöne also, mit makelloser Figur. Und sie trägt, fast müsste man sagen, sie zelebriert, eine feuerrote Robe. Das ist überzeugend. Frau Heller richtet sich auf um noch mehr davon zu sehen.

Dann folgen die Farben Weiß, danach Gelb und zuletzt ein pikanter, aber äußerst gekonnter bunter Mix. Nun sieht sie aus wie ein prächtiger Blumenstrauß. Das Besondere aber ist, dass diese Fremde sich so wunderbar fließend bewegt und dabei in dezenter Lautstärke in ihrer Muttersprache ihren Auftritt selbst moderiert, von einer Trommel im Hintergrund sehr einfühlsam rhythmisch begleitet. Niemand versteht auch nur ein Wort. Das ist Kunst, die für sich spricht. Sie drängt sich nicht auf, will sich nicht verkaufen. Es ist ein Erlebnis für alle Sinne.

Frau Heller sieht kritisch an sich herunter. Sie blickt auf Schwarz und Grau, auf gerade Formen und Linien und ist mit eigenen Augen plötzlich auf eine andere Spur gestellt. Sie verlässt zielstrebig den Saal. Jetzt nur nicht mit jemandem sprechen müssen. Das Gesehene ist ihr an die Nähte gegangen. Sie wird sich häuten, das steht nun fest, wird ihren Stil, das enge Korsett loslassen und sich dabei zulächeln, ganz alleine, anstatt belächelt zu werden.

Vorgabe:
Handwerk; Kluft; Knochen; Widerhall.

Es war einmal – so beginnen die Märchen. Bei dieser Erinnerung könnte ich das auch genau so sagen. Sie liegt weit zurück in einer anderen Zeit und ist gerade deshalb so prall gefüllt mit Emotionen. Wenn ich sie erzähle, stehe ich als Kind wieder in der alten Schmiede, Großvater und sein schweres Handwerk sind ganz gegenwärtig. Dunkel, fast schwarz waren die Wände und es roch – ja wie soll ich sagen, es roch nach schmutziger Schmiede, nach Kohle und Feuer. Das war gruselig und zugleich faszinierend. Um das Schmiedefeuer, die schwarzen Kohlen, die aussahen wie schwarze Eier, anzuzünden, musste der Blasebalg getreten werden. Der Opa in seiner schwarzen Kluft – schwarz, wie alles in dieser Hexenküche, stand vor dieser Hitze, hielt ein Stück Eisen in die Glut, bis es ebenso glühte, um es zu biegen und zu formen. Das geschah mit einem schweren Hammer auf dem Amboss. Laut war es immer. Jeder Schlag dröhnte mit einem gewaltigen Widerhall, sodass oft alles zitterte. Opa sagte dann: „Halt dir die Ohren zu."

Und dann kamen die Bauern mit ihren Pferden, deren Hufe neu beschlagen werden mussten. Oder sie kamen mit ihren Pferdekarren, dann bekamen die Holzräder neue Reifen aus Eisen. Manchmal wurde auch ein Pflug repariert oder eine Egge. Traktoren gab es noch nicht und Autos waren ganz selten. Das waren reiche Leute, die sich auf Rädern bewegten. Wenn Opa etwas Notwendiges in der Stadt kaufen wollte oder musste, dann ging er zu Fuß. Das waren viele Kilometer, eine Reise, für die er einen ganzen Tag brauchte. Alles   was man täglich brauchte besorgte man selbst. Das Gemüse und Obst wuchs im nahen Garten, die Eier holte man aus dem Hühnerstall nebenan. Milch und Butter gab es beim Bauern, und manchmal auch ein Stück Fleisch oder Speck.

Großvater war von der schweren Arbeit allmählich etwas gebückt. Da fragte ich ihn: „Opa, warum gehst du so krumm?" „Das sind die Knochen, die sind jetzt schon ein bisschen alt," sagte er lachend. Damit ging er aber nicht zum Orthopäden, wenn es ihn überhaupt gab – nein, er arbeitete bis seine Kraft verbraucht war. Und dann saß er noch einige Jahre gebeugt im Lehnstuhl.

Einfach, ganz einfach war das alles, so einfach, wie es bei diesen Gegebenheiten nur sein konnte. Und vermisst? Vermisst hat man, so glaube ich, nichts.

Vorgabe:
Büffel; Rakete; Vorsprung; Schemel.

Immer soll man brav sein, das geht doch gar nicht. Felix weiß doch genau was er will und natürlich auch, was er nicht will, überhaupt nicht will. Diesen blöden Spinat will er nicht essen, und jetzt will er einmal schreien und der Mama zeigen, wie groß er ist, vier Jahre groß. Und damit klettert er auf den Schemel und ist noch ein bisschen größer als die Mama. „Guck mal Vera," ruft er. Alle Großen sagen Vera zu der Mama, auch der Papa. Wenn man Mama sagt, ist man klein. Der Papa sagt zu der Oma Mutter. Das kann Felix nicht sagen, dann ist er noch viel kleiner.

Aber die Vera hört nicht. Dann muss man schreien. „Guuuck maaal Veeera." Das hat aber geholfen. "Komm sofort herunter!" ruft sie, "Du kannst doch fallen." "Kann ich nicht, ich bin so groß wie der Papa. Und der Papa ist so stark wie ein Büffel, das hat er gesagt." Jetzt lacht die Mama, eben hat sie geschimpft. „Weißt du denn, was das ist, ein Büffel?" „Habe ich doch mit dem Papa im Fernsehen angeguckt, der war so stark wie eine Rakete." „Eine Rakete? Das ist doch kein Tier." „Die Rakete muss man schießen, das weiß ich doch, und dann macht sie alles kaputt, auch die Häuser, und die Menschen laufen dann alle weg." „Aber was ist mit dem Büffel, was macht der denn?" „Der Büffel im Fernsehen hat auch alles kaputt gemacht, er hat mit den Füßen alles getrampelt, und das hat auch geknallt." Vera denkt: Jetzt hat er aber einen Vorsprung mit seiner einfachen Logik, der kleine Kerl. Auf den Topf gehört jetzt mal kein Deckel.

„So, mein Großer, jetzt bin ich mal so stark wie ein Büffel und hebe dich von deinem Turm herunter, dabei mache ich aber gar nichts kaputt. Wir beide machen jetzt alles wieder ganz. Du hörst auf so bockig zu sein und ich höre auf zu schimpfen. Ist das OK?"

Vorgabe:
Kreuzung; Spitze; Schnittpunkt; Staub.

Endlich, endlich war es so weit: Aus zwei Rädern waren vier geworden, und das war ein langer Weg. Niklas geht ihn in Gedanken zurück. Mit Fünf hatte er angefangen, da bekam er vom Christkind, so heiß erwünscht, ein Kinderfahrrad. Jetzt ist er Fünfundzwanzig und steht vor dieser schwarzen glänzenden Karosse, vor diesem Prachtschlitten – und der gehört ihm, ihm alleine. Das war wirklich eine steile Leiter, und nun steht er ganz oben. Aber das kleine Kinderfahrrad, wo ist das eigentlich geblieben? Er war ja damals ein besessener Rennfahrer, da waren Stürze, kaputte Knie, vielleicht auch das kleine Vehikel kaputt, oder einfach entsorgt, als die nächste Größe an der Reihe war. Nun würde er es gerne noch einmal anschauen neben diesem schwarzen Lackauto. Das wäre Geschichte zum Anfassen.

Zunächst also Radfahren, noch Arbeit für die Beine. Dann kam das Moped, danach der Motorroller, und zuletzt das Motorrad. Niklas sieht mit verliebten Augen auf das glänzende Gefährt und denkt: Spitze, ganz einfach Spitze. Zwar wird man jedes Körnchen Staub auf diesem Glanz sehen, dann muss ich eben Staubwischen, was ich ja gerne tue. Er lacht und sieht seinen Schreibtisch vor sich, der das auch manchmal brauchte. Jetzt muss ich mich erst mal an dich gewöhnen, mich mitten hineinsetzen in diesen Luxus. Nun, auf dem Führersitz, im bequemen Polster, da steigen ganz fremde Gefühle in ihm auf. Mir ist, er greift sich an die Stirn, als hätte ich mir einen Smoking angezogen – er lacht, habe ich ja auch noch nie besessen. Passt das wohl alles zu der Kreuzung, die auf meinem täglichen Weg liegt, zu den Unfällen, die ich dort erlebt habe? Mit Versicherungen ist das auch nicht aus der Welt zu schaffen. Diese Schwelle muss ich nun überwinden, diesen Schnittpunkt zwischen Fürchten und Wagen. Einfach starten, Niklas! Die Zukunft heißt Jetzt.

Vorgabe:
Schnaps; Verrenkung; Monat; Trichter.

O, dieser Kalender, der sagt es mal wieder überdeutlich, diese schwarze Zahl, immerhin auf weißem Grund. Da braucht man keine Eieruhr um zu sehen, dass die Zeit wie Sand ist; sie rinnt einem durch die Finger. Nur noch einen Monat, es ist nicht zu fassen. Hermann greift sich verstört an den Kopf. Wie soll er das nur schaffen? In solchen Momenten hört er immer die Stimme seiner Mutter, die seinen Namen ruft. Das ist zwar hier nicht möglich, dazu ist er zu weit weg, aber der Name sitzt ihm ständig im Genick. Diesen Namen mochte er schon als Kind nicht. Hermann, so hieß man im letzten Jahrhundert. Der erfolgreiche Großvater hatte diesen Namen, und ihn hatte man damit beerbt. Das war ein Gewicht, eine Verpflichtung, da wurden Bestleistungen von ihm erwartet. Eigentlich eine Verrenkung meines Charakters, schließlich bin ich nicht ein Hermann von damals. Das sind fast hundert Jahre her, als Opa mit seiner Karriere begann.

Und nun, nach dieser inneren Abrechnung, da könnte ich einen Schnaps gebrauchen, dieses widerwärtige Zeug, einen Mut-macher, um auf eine andere Spur zu wechseln. Hermann schüttelt den Kopf, ist wohl doch keine gute Idee. Sein Blick wandert über den Schreibtisch, da stapelt sich ein Berg von bedrucktem Papier. Einen Monat noch – und das soll alles in meinen Kopf? Fleiß, ja, den habe ich ja oft bewiesen. Aber diesmal reicht das nicht, da muss ein Trichter her – mental. Diesen trockenen Stoff, den kann man nicht hineinstopfen, der muss hineinfließen.

Ein Kunststück? Oder ein Wunder? Das Zauberwort heißt wohl Verdünnung. Also eins nach dem anderen. Nach diesem Rezept werde ich meine Suppe schon kochen – und natürlich auch auslöffeln.

Vorgabe:
Glücksspiel; Moos; Teetasse; Gemüse.

Junges Gemüse? Marga sitzt in dem kleinen Restaurant und wartet auf den Kellner. Der hat viel zu tun, jeder Tisch ist besetzt. Sie sieht sich vorsichtig um. An dem kleinen Tisch hinter ihr sitzen zwei ältere Damen, die wohl gerade ihre Bestellung aufgegeben haben. Junges Gemüse! Spinat? Könnte sie ja auch mal wieder essen. Es wird noch etwas dauern, bis die Freundin sich hierhin durchgerudert hat. Die Stadt ist voller Menschen, und dieser verabredete Treffpunkt liegt sehr zentral. Aber hinter ihr ist der Kellner auch nicht zu entdecken. Stattdessen fällt ihr Blick auf den Spielautomaten, an dem zwei Jugendliche sich mit Eifer zu schaffen machen.

Marga begreift: Das ist also das junge Gemüse. Glücksspiel – die beiden versuchen es immer wieder, wahrscheinlich solange, bis ihnen das Kleingeld ausgeht. Und dann? Die beiden Damen sind wohl auch mit der Frage beschäftigt, besonders die mit dem eleganten Hut regt sich auf, die Teetasse zittert ihr in der Hand. Es geht scheinbar um den letzten Einsatz; die beiden Jungen streiten nun miteinander. Das geht selbst in dem allgemeinen Stimmengewirr nicht unter. „Ich brauche Moos" ruft der kleinere verzweifelt, „mein Alter kann mir das nicht kaufen, Hartz vier, weißt du." Marga blickt unruhig zur Tür. Am liebsten würde sie aufstehen und gehen. Der Kellner ist immer noch nicht zu sehen. Da ist sie ja in ein richtiges Wespennest geraten mit ihrer friedlichen Stimmung. Entschlossen beendet sie das Dilemma und geht zum Ausgang. Sie wird draußen warten. Da schleicht der kleinere der Glücksspieler an ihr vorbei, enttäuscht, aber wohl schon etwas abgehärtet, sonst könnte man denken, die Tränen sind ihm nahe.

Marga ruft ihm nach, und sie weiß selbst nicht warum. „Warte mal!" Nun steht er vor ihr und sie denkt – eigentlich sollte ich, müsste ich... Sie sagt: „Ich habe euch eben beobachtet, was willst du dir denn kaufen? Ist das so wichtig, dass du dieses Spiel treiben musst?" „Ich brauche neue Turnschuhe, und mein Vater kann sie mir nicht kaufen. Er braucht immer so viel Geld für" – er stockt, spricht es nicht aus. „Wie viel kosten denn die Turnschuhe?" „Ich weiß es nicht genau, ich will ja keine teuren, es gibt ja auch ganz billige." Marga greift in ihre Tasche, in ihren Geldbeutel und reicht ihm einen Schein. Soviel hätte der Spinat bestimmt auch gekostet, den sie nun nicht bestellen konnte. Sprachlos guckt dieser junge Mensch sie an. Wie soll er das auch verstehen, wo zu Hause offensichtlich alles andersherum geht. „Wo wohnen sie?" fragt er jetzt. „Vielleicht kann ich ihnen mal helfen." Sie nennt den Namen der Straße. „Das ist gar nicht weit, da kann ich zu Fuß hingehen." Das ist ja wohl kein Zufall, denkt Marga, Danach habe ich doch schon lange gesucht. Hier und da ein wenig Hilfe, und dafür ein Taschengeld.

Mit einer festen Vereinbarung trennen sie sich und Ingo, so heißt er, winkt zurück. „Bis übermorgen." Das klingt verlässlich. Marga ist sicher, dass die Turnschuhe eine gute Investition waren. Endlich taucht nun auch die Freundin auf, nicht zu übersehen, sie winkt schon von weitem. Da gibt es jetzt viel zu erzählen.

Vorgabe:
Pferdefuß; Wortgefecht; Bordüre; Kanal.

Eine Kaffeefahrt ins Grüne. So steht es auf der Einladung, die im Seniorenheim am schwarzen Brett hängt. Ziel: ein kleines malerisches Städtchen am? Der Fluss, der gemeint ist, wird nicht verraten. Also eine Fahrt ins Blaue. Das stört aber die Damen und Herren in diesem Alter keineswegs, im Gegenteil. Man ist jetzt da angekommen, wo man nicht mehr alles genau wissen muss. Da gibt es dann unterwegs genug Gelegenheit zu rätseln. Die Idee traf offensichtlich genau ins Schwarze, der Bus ist voll besetzt. Zunächst, auf der Autobahn, weisen die Schilder noch aus, wo die Reise hingeht. Aber nicht lange, dann geht es weiter auf der Landstraße. Die Himmelsrichtung steht schon längst nicht mehr fest – also Geduld! Der Fahrer wird schon wissen, wo er uns hinfährt, hat ja einen Navigator, der ihn lenkt. Eine Hügellandschaft, bergauf, bergab, wunderschön und spannend.

Nun hört man auf den vorderen Sitzen zwei Herren in einem Wortgefecht. Einer von ihnen verkündet lautstark, jetzt wisse er genau, wo dieses Rätselraten ein Ende habe. Auf einen Fluss brauche man gar nicht zu spekulieren, das sei ein Kanal, besser gesagt, ein Kanälchen. Eine Dame kommentiert dies: „Da gebe ich gar nichts drauf, der weiß doch immer alles besser." Doch plötzlich endet das Auf und Ab, es weitet sich in eine Ebene und das Ziel liegt wie ausgebreitet da. Behäbige, stattliche alte Häuser umrahmen einen Marktplatz, von dem sich Gassen und Gässchen verzweigen wie Äste an einem Baum. Dieses Städtchen, wie aus einer anderen Zeit, liegt nun doch an einem kleinen Fluss, den man, um Überflutungen vorzubeugen, begradigt hat. Aber Betonmauern als Ufer, das passt wohl nicht so recht zu dem sonst fast antiken Bild. Und die hat man nun sehr gekonnt mit üppigen Blumenpflanzungen verbrämt. „Das ist aber ein findiger Kopf, der sich das ausgedacht hat," weiß Frau S.

und als an allen Modeströmungen Interessierte fügt sie hinzu: „Schaut mal richtig hin, das sieht aus wie eine zauberhafte gestickte Bordüre an einem blauen Rocksaum." Womit sie nun den kleinen, nun so geraden Fluss vergleicht. Doch viel wichtiger ist wohl, wann es denn endlich den Kaffee und den Kuchen gibt. Das Restaurant ist so gemütlich wie das ganze Städtchen. Man genießt und plaudert. Da lernt man auch mal die andere Seite dieses Nörglers kennen, denkt Herr P. gerade, aber dann legt dieser Mensch wieder los: „So, jetzt können wir nur noch auf den Pferdefuß warten, den diese Geschichte hat. Im Fernsehen wird immer davor gewarnt. Da wollen sie uns gleich sicher einen Kochtopf oder einen Fußwärmer andrehen."

Allgemeines Gemurmel. Dann erhebt sich der Heimleiter und glättet die Wogen. Er dankt im Namen aller der Firma W., die diese Fahrt großzügig gesponsert hat. Applaus. Darauf die Antwort des Geschäftsführers, den man für einen neuen Heimbewohner gehalten hatte: „Meine Damen und Herren, die Firma W. verkauft zwar keine Kochtöpfe und Fußwärmer, aber wir sorgen trotzdem für ihre Gesundheit. Wir stellen Pillen her, wir führen ab." Das sagt er lachend, „und damit meine ich nicht nur Steuern. Es geht um Lax, um Lax mit X geschrieben, sie wissen schon, also letztendlich doch um ihren Geldbeutel, denn das zahlen die Kassen nicht." Der Applaus ist diesmal sehr dünn. Und die Heimfahrt wird eher schweigend zurückgelegt. So ist das also – man hat wieder etwas dazugelernt.

Vorgabe:
Vorhängeschloss; Sesam; Pantoffel; Notlüge.

In diesem Keller kann man schon das Fürchten lernen, dunkel, viel zu dunkel ist es hier. Die Beleuchtung war schon immer unzureichend. Scheinbar haben nun auch noch einige Glühbirnen ihr Leben ausgehaucht. Wer soll sie ersetzen? Es kümmert sich doch niemand darum. Einen Hausmeister gibt es schon lange nicht mehr. Aus Kostengründen, so heißt es. Edith tastet sich etwas unsicher bis zu ihrem Lattenverschlag, mit dem die einzelnen Boxen abgetrennt sind. Wie soll sie bei dieser trüben Funzel, die auch in ihrem Keller verstaubt an der Decke hängt, überhaupt das Gesuchte finden. Das Vorhängeschloss in der Hand, den kleinen Schlüssel, der am Schlüsselbund hängt, in der anderen, findet sie nach einigem Probieren das Schlüsselloch. Aber irgendetwas stimmt nicht. Das Schloss springt nicht auf, wie doch sonst immer. Rost? Oder hat ihr jemand einen üblen Streich gespielt? Bei all den Drehversuchen macht es nun plötzlich Knack, und nun ist das Unglück perfekt, der Schlüssel ist abgebrochen. Da hilft kein Zauberspruch, kein „Sesam öffne dich," sie braucht Hilfe. Schlüsseldienst? Viel zu teuer. Da nimmt man besser einen dicken Hammer und schlägt alles in Trümmer. Aber nicht einmal den habe ich. Mein Werkzeug ist doch in dem verfluchten Keller. Edith überlegt.

Der nette Herr Schober, den sie alle hier im Haus den gedeckelten Fritz nennen, weil er sichtlich unter dem Pantoffel seiner Frau steht, der kann ihr bestimmt helfen. Mit einigen Hemmungen, sie tut es wirklich nicht gerne, klingelt sie nun bei Schobers. Sie – der Feldwebel, wie könnte es anders sein, öffnet die Tür. Edith zögert ein wenig, vor dieser Frau verschlägt es ihr fast die Sprache, aber dann bringt sie ihre Bitte doch heraus. „Es ist ganz dringend," das sagt sie gleich zweimal und hat mit dieser kleinen Notlüge nicht einmal ein schlechtes Gewissen.

Herr Schober hat im Hintergrund mitgehört und hat bald das nötige Werkzeug und eine große Arbeitslampe in der Hand. „Das ist nichts Aufregendes, sie werden sehen. Ein Schloss ist nicht unüberwindbar, wir werden es knacken, wenn nötig mit Gewalt." Und tatsächlich, es gelingt. Edith kann nur noch „danke" sagen, ruft es noch einmal hinter ihm her. Denn Herr Schober ist sofort wieder verschwunden. Gewalt, denkt sie, das war geschickte Kraft. Ja, er kann es, hat es eben bewiesen. Warum nicht auch? Zum Donnerwetter!

Vorgabe:
Salbe; Bankkonto; Ventilator; Grünschnabel.

Was brauche ich eigentlich noch, was ist wichtig für den Rest des Weges, für die Spanne, die mir noch zugemessen ist. Herr Altmann zieht die Luft, die heute sehr frisch ist, tief ein. Atem, ja, das ist Leben. Wie wenig hat man darüber nachgedacht, über so vieles andere auch nicht; es war wohl selbstverständlich, lief automatisch ab. Dieser Morgenspaziergang, täglich, bei jedem Wetter, das war Balsam für die Seele. Da konnte man die Gedanken schweifen lassen in alle Richtungen und niemand redete einem dazwischen. Vergangenheit, Zukunft, alles fügte sich zusammen zu einem Gewirk, das nur ihm gehörte. Und was ist mit dem Bankkonto, das ohnehin schon ein bisschen die Schwindsucht hat? Herr Altmann lacht jetzt vor sich hin. Das hat darin keinen Platz, denkt er. Nein und nochmals Nein! Hatte ihm doch kürzlich ein Grünschnabel, mit dem er sich auf ein Gespräch eingelassen hatte, zu erklären versucht, wie notwendig es sei, das Geld in die richtigen Kanäle zu stopfen; es sei ein Elixier, das sich vermehren müsse. Elixier? Hatte er gedacht. Das klang in seinen Ohren nach bitterer Medizin. Dabei hatte er ihn mit „Opa" angeredet, dieser Frechling. Weiße Haare – damit ist man noch längst kein Opa. Die Jahre kann ich zwar nicht ausradieren, denkt Herr Altmann, aber Bewegung, auch im Kopf, Begeisterung, das ist das Gummiband, mit dem man den Rest noch dehnen kann. Und die paar Zipperlein – dagegen gibt es ja eine Salbe, die hilft.

Das war aber ein Spaziergang – durchs Zentrum und alle Vororte des Lebens. Ein bisschen zu weit bin ich gegangen; die Sonne steht schon hoch. Herr Altmann knöpft sich die Jacke auf, zieht sein Taschentuch hervor und wedelt sich Luft zu. Wie Praktisch, denkt er, mein Ventilator, extra für die Tasche. Da braucht es keine Steckdose und keine Batterie. So einfach ist das manchmal.

Da die Geschichten keine Überschriften haben, sind im nachfolgenden Inhaltsverzeichnis jeweils die vier Wörter angegeben, die als Aufgabe vorgegeben waren.

Inhalt

FSC
www.fsc.org

MIX

Papier | Fördert
gute Waldnutzung

FSC® C083411

Zeitfracht Medien GmbH
Ferdinand-Jühlke-Straße 7
99095 Erfurt, Deutschland
produktsicherheit@kolibri360.de